남자의
도가니

남자의 도가니

무 레
요 코

최윤영 옮김

 큰나무

차례

이상한 인사이동

무슨 이유에서인지 회사에서 승진을 한다?

학교를 졸업하고 서른 살까지 8년간 직장 생활을 했었지만 모두 규모가 작은 회사라 동료의 승진 문제라든가 그에 따른 질투나 시기가 소용돌이치는 환경은 아니었다. 어디든 사장과 직원 모두 상하 관계가 아닌 하나로 똘똘 뭉쳐 일하는 회사들이었다.

직원 수가 많은 기업은 연말이 가까워지면 승진이나 인사이동이 화제가 되는 듯하다. 내가 가장 관계된 업종은 출판업이지만, 업종은 달라도 직원의 심정은 어디든 별반 다르지 않을 것이다.

20년 전쯤 한 회사에 있을 때, 내게로 인사이동 예상표가 팩스로 전달되었다. 남자 직원이 매년 그것을 작성하여 비밀리에 각 부서에 돌리는 것을 지인이 내게 보내준 것이다.

마치 경주마를 예상하듯 각 이름 위에 ◎나 △가 표시되어 '출발은 좋지만 기력이 이어지지 않고 최근 머리숱 빠짐이 심한 것이 문제', '폭음, 폭식으로 체중이 급증. 헬스로 돌파.' 등 일과 관련 없는 코멘트가 적혀져 있는 것이 우스웠다. 놀랍게도 그 대부분이 적중하는 것이라 그것을 작성한 남자의 능력에 감탄했다.

후에 지인을 만나 어떻게 그 남자의 예상이 적중한 건지 묻자 직장 내에서는 으레 파벌이 일어나기에 그 움직임을 관찰하면 대충 알 수 있다는 것이다. 그중에는 한 집단에 소속되어 있다가 그곳에서 출세 가능성이 없음을 감지하자마자 다른 집단으로 옮기는 사람도 있단다.

"그런 얄팍한 속셈이 보이는 사람은 민폐 아니야?"

나라면 뭔데 네가 들어오느냐며 싫어했을 것이다.

"그게 또 그렇지 않아."

지인이 말하길, 그런 사람이라도 자신의 집단에 와주는 것 자체가 기쁘기 때문에 거절은커녕 오히려 귀염을 받는다는 것이다. 남자라는 생물은 도대체가 이상하다.

만약 여자들에게 이 상황이 일어났다면? 얄팍한 속셈이 들여다보이는 이가 자신들의 집단에 들어오려 한다면 분명 여자들은 고양이처럼 샤아- 샤아- 이를 드러내며 위협할 것이다.

"조금 전까지 저쪽과 친하게 지내더니 왜 갑자기 우리에게 온 거야. 도저히 좋게 봐줄 수가 없어."

일명 왕따를 시켜 쫓아낼 것이 틀림없다. 적어도 나라면 그렇게 한다. 인간으로서 도저히 신뢰할 수 없는 것이다. 그러나 남자는 주위의 평가가 어떻든 자신에게 다가오는 인간에게 너무도 너그럽다. 모두 '사랑스러운 녀석'이 돼버리는 것이다.

직장 인사에 관해 의문을 가진 경험이 있다. 성실하고 제대로 일하는 사람이 승진하는 건 당연한 일이라 기쁘지만 '왜 저런 인간이?' 하고 고개를 갸웃거리다가 목이 빠져버릴 정도로 신뢰할 수 없는 사람이 승진하기도 한다. 저 인간이 아니어도 훨씬 어울리는 인재가 널렸다고 하고 싶지만 거기까지는 끼어들 수 없다.

'전혀 모르겠어. 대체 뭘 보고 있는 거야.'

도무지 인사를 결정한 윗사람의 심정을 이해할 수 없었다.

회사란 하나의 가족 같은 것으로 밖에서 보면 '뭐야 저 자식'이라고 말하고 싶어지는 사람도 안에서는 '그런 사람인 걸 어떡해', '나름 노력하고 있는 것 같아' 등 정이라는 것이 생겨나 평가가 후해진다. 반대로 회사에서는 미움받지만 회사 밖에서의 모습은 전혀 다른 사람도 있다.

행동이나 말투, 눈빛을 보고 있으면 은연중 그 사람의 됨됨이를 알 수 있다. 겉과 속이 다른 사람을 대할 때 저 녀석은 겉과 속이 다르니까 대충 맞장구나 쳐야지 하는 사람이 있고, 그의 본심을 알아차리지 못하고 제대로 구워삶기며 속는 사람도 있다. 어떤 사람이든 다면성이 있기에 만나는 사람에 따라 딱 한 가지로 평가할 수 없는 것은 당연하다. 나와 맞는 사람이 있으면 맞지 않는 사람도 있다. 하지만 사람이나 일에 대해 불성실한 것은 좋고 싫음 이전의 문제라고 생각한다.

이제껏 일로 만난 상대 중 질린 인간이 몇 명 있다. 그들은 어떤 이유에서인지 회사 내에서나 이직한 곳에서 승진했다. 그중에는 중요한 문제로 내게 거짓말을 한 사람도 있다. 내가 상사의 지시를 분명히 전달했는데도 본인이 잊어버리고 있었으면서 상사가 다그치면 그제야 검토했다고 거짓말을 하고 정신없이 쩔쩔매며 서둘러 일을 끝내는 걸 몇 번인가 보았다. 그는 자신이 그 일을 잊고 있었음을 알았고 시간도 여유로웠지만 그대로 방치했다. 그 점이 용서되지 않았다. 그에게 그 일을 물으면 명확한 대답 없이 오히려 나에 대한 불만을 말했던 것 같다. 결국 그는 그

일에서 제외되었지만 그런대로 승진하고 있다. 대체 기준이 뭘까.

출판사의 어떤 남자는 청결하지 않고 어딘지 모르게 생활이 칠 칠치 못한 분위기를 내뿜고 있었다. 교정지에 지우개 가루를 그 대로 끼워 보내는 모습도 칠칠치 못했다. 일에 문제가 있는 사람 은 역시 어딘가 이상한 행동을 하기 마련이라 그저 이상하다 생 각하며 넘겼지만, 내가 모르는 사이 책이 출간된 것은 어이가 없 었다. 표지를 체크하기로 했는데 갑자기 출판된 책이 온 것이다.

책임자인 상사가 급히 사과하러 왔지만, 표지 시험 인쇄는 책 임자가 도장을 찍지 않으면 인쇄소로 넘어가지 않는 시스템인데 이런 상황이 되었다는 것은 그가 상사가 부재중인 틈에 서랍에 서 도장을 꺼내 찍었다는 건가. 부하가 상사의 도장을 마음대로 찍어 일을 처리하다니 말도 안 되는 일이다.

지금은 불경기라 이직하는 사람이 적은 듯하지만, 이직하는 사 람은 자신의 능력과는 상관없이 현재 회사의 대우가 좋지 않거 나 직종과 궁합이 나빠 보다 좋은 대우를 원하거나, 앞의 회사에 서 실수나 트러블을 연발하여 이직할 수밖에 없는 타입의 두 종류로 나뉜다고 생각한다. 전자는 문제가 없지만 후자의 경우에는 불성실한 성격이 쉽게 바뀌지 않기에 이직한 회사에서도 같은 실수나 트러블을 반복한다. 그리고 그런 남자는 모두 하나같이 쓸데없는 이야기를 자랑하고 사람에 따라 태도를 바꾼다.

나보다 훨씬 어린 사람이 이전에는 높임말을 사용했는데, 이직한 회사에서 좋은 대우를 받자마자 갑자기 연장자에게 반말을 하며 전 직장 동료들에게도 너무나 건방진 태도를 보인 일이 있다. "바보 아니야?" 주위 사람들이 바보 취급을 하지만 정작 본인은 모르는 듯하다. 이렇게 말하면 뭐하지만 그런 바보는 여자들 중에서는 만난 기억이 없다. 그런 바보는 우쭐대지만 본인의 일처리 능력이 개선되지 않아서 태도와 실력에 큰 차이가 있다.

하지만 그런 녀석들이 무슨 이유에선지 회사에서 승진을 한다. 그들 외에 성실히 제대로 일을 하는 사람이 있는데도 불구하고 하필이면. 그 회사 사정이라고는 하지만 도무지 납득할 수가 없어 여러 가지로 생각해보았다. 그들은 자신이 계속해서 실수하고 있다는 것을 알고 있기 때문에 다른 부분으로 만회하기 위해 사내에서 자신에게 플러스가 되는 상사를 선택하여 접근한다. 상사는 그가 회사 안팎에서 어떤 평가를 받고 있는지 모르는 경우도 있고, 알고 있다 하더라도 좋은 수하가 생겼다며 귀여워한다. 개인적으로 어떤 사람과 친하게 지내든 자기 마음이지만 회사의 인사에 적용하는 것은 아니라고 생각한다.

실력에 비해 회사에서 지위가 높은 남자는 어떤 이유인지 자신을 위장한다. 별것 아닌 일에도 자신을 떠벌린다. 자신이 실수를 연발해 동료와 직원들에게 차가운 시선을 거세게 받으면 공격이 최대의 방어라 생각하는지 이때가 기회라는 듯 권력을 휘두르며 복수한다. 이유 없이 부하직원의 기획을 엎거나 부하직원이 담당하고 있는 거래처를 욕하며 짓궂게 괴롭힌다. 자신에게 강하게 저항하는 사람에게는 하지 않으면서, 절대 저항하지 않는 점잖고 약한 아랫사람을 상대로 기분 전환하듯 직권을 남용해 못살게 군다. 이 때문에 우울증 치료를 받는 피해자가 있을 정도다.

피해자의 동료가 분개하여 상사의 폭언을 녹음하거나 휴대폰으로 촬영해 인사팀에 호소했지만 무시되었다. 그에 또다시 분개해 이유를 되묻자 정말로 기가 막힌 대답이 돌아왔다.

"여러 가지 일이 있는 건 알지만, 그 사람 정말 효자야."

'효자'가 이유라는 충격적인 말을 들은 건 야구 해설 중 타격이 좋은 선수를 평가하며 "그는 효자입니다!" 이후로 두 번째다.

아무리 생각해도 직권을 남용해 직원을 괴롭히는 남자를 승진시키는 건 맞지 않지만, 상사 입장에서는 지시를 잘 따르고 자신을 치켜세워주는 사랑스러운 녀석인 것이다. 아랫사람을 괴롭히든 말든 자신에게는 피해가 없으니 그 일에 대해 아무것도 느끼지 못한다. 자신의 입장만 지키면 되는 것이다.

어느 회사든 월급 도둑이라 불리는 이가 있다. 문제는 그런 인물도 승진한다는 것이다. 초등학교 시절 학급 위원을 선거를 통해 고르는 것처럼 책임 있는 직책은 부하직원의 투표로 정하는 편이 회사의 일이 보다 원활하게 돌아가는 데 도움이 될 것이다.

재수 없게, 일적으로도 인간적으로도 문제 있는 상사를 둔 사람은 정말로 불쌍하고 안쓰럽다. 자신의 이익만 생각하는 남자들에게는 증오심마저 든다.

대머리가 두려워

남자는 왜 머리숱이 적어지는 것에 신경 쓰는 걸까?

남자는 왜 머리숱이 적어지는 것에 신경 쓰는 걸까. 나는 전혀 신경 쓰지 않을뿐더러 싫다고 생각하지 않는다. 대머리가 남자의 좋고 싫은 우열을 정하는 요소가 되지는 않는다. 다만 대머리를 필사적으로 감추려는 사람은 싫다.

예를 들어 모발이 양옆에만 남았는데 한쪽을 길게 길러서 머리를 덮어버리는 일명 '1 대 9'라 불리는 스타일이다. 그렇게 한다고 머리숱이 있어 보이지도 않는데 조금이라도 반들반들한 표면을 감추면 안심이 되는 걸까. 내 보기엔 이도 저도 아닌 좀스러운 머리 모양 일순위다. 그 정도로 신경 쓰이면 모발이식을 하든 가발을 쓰든 아니면 그 적은 머리숱을 역이용해 짧게 커트를 치거나 완전히 밀어버리든 있는 그대로의 자신을 활용하는 방향으로 나아가면 좋으련만 남아 있는 머리털에 집착해 이상하게 기른다. 깨끗이 체념하지 못하는 것이다.

한 정수리 탈모 남자가 양옆의 머리를 길게 길러 정수리 부분을 가리고 있는 걸 보고 깜짝 놀랐다. 양옆의 머리털로 정수리를 덮으니 머리숱이 두 배가 되는 방식이었다. 양옆의 비실비실 가

느다랗게 자란 머리카락을 정수리 부분에 합체시켜 대머리를 감춘 것이다. 그곳이 반짝반짝 윤이 나는 걸 보니 덮은 머리털이 움직이지 않도록 포마드로 고정시켜 놓은 듯했다.

때마침 그날은 바람이 아주 강했다. 그도 그것이 신경 쓰여 정수리 부분의 방어를 강하게 했던 것일지 모르지만, 어차피 그 머리털은 애초에 정수리에서 난 것이 아니기에 강한 바람에 펄럭이며 뿔뿔이 흩어져버렸다. 순간 그는 본능적으로 머리털이 흩어지지 않는 방향으로 머리를 향하게 하려는 듯, 걸으면서 목을 휙휙 돌리기 시작했다. 그러나 결국 강풍에 머리털을 지키지 못하고 포마드로 고정했을 정수리 부분의 맨살이 나오기 시작했다.

"앗, 앗, 안 돼!"

그는 조그맣게 소리치며 하늘을 올려다보았다. 그리고는 빙글빙글 돌면서 걷기 시작하더니 상점가의 입간판에 세게 부딪히며 쓰러졌다. 마치 땅이 스케이트 링크의 얼음판인 듯 양발을 파닥거리며 필사적으로 일어나더니, 싸움에서 지고 도망가듯 산발된 머리로 입간판을 제자리에 돌려놓고 뛰어가는 모습을 보며 '왜 저렇게까지…….'라는 생각이 들었다.

어째서 대머리면 안 되는 걸까. 왜 창피한 걸까. 탈모는 본인의 책임이 아니다. 웃거나 불만을 말하고 싶다면 그런 유전자를 초래한 원시인이나 조상에게 하라고 말하고 싶다. 만약 내가 대머리였다면 그렇게 호소했을 것이다. 비만은 본인의 책임이지만 대머리는 자기 관리만으로 어찌할 수 없는 경우가 많다.

있다가 없어지는 것이기에 본인에게는 굉장히 신경 쓰이는 일이라는 걸 이해하지만 대머리보다 더 큰 문제는 암울한 기운이다. 기분을 밝게 하면 의기소침하던 모근이 활기를 되찾아 다시 머리털이 날지도 모른다. 개중에는 여자친구가 생기지 않는 것도 일이 뜻대로 풀리지 않는 것도 모두 대머리 탓이라고 잘못 생각하는 남자도 있는데, 주변인들은 그가 대머리라 싫어하는 게 아니라 침울해하는 모습이나 비뚤게 생각하는 성격이 싫은 것이다.

남자에게는 '체모 일정의 법칙'이 있다고 들었다. 머리숱이 적어지면 그만큼 수염이나 남아 있는 털을 늘려 전체적인 털의 양을 유지한다는 것이다. 그러고 보니 머리숱이 적은 사람 중에 수

염을 기르고 있는 사람이 많다. 정수리 탈모인 사람 중에 남은 머리카락을 길게 길러 묶고 다니는 사람도 있다. 앞에는 없지만 뒤에는 묶을 정도로 숱이 있다고 어필하고 싶은 것일 테다.

교과서에서 프란치스코 하비에르의 그림을 봤을 때부터 줄곧 그를 대머리라 생각했다. 하지만 최근, 여러 제설이 분분하지만 성직자로 입문하며 삭발례를 했음을 알게 되었다. 정수리 부분만 깎고 주위 머리털은 남겨두어 가시면류관을 쓴 예수의 모습을 계승하는 듯하다. 학교에서는 그런 세세한 부분까지 가르쳐주지 않으니 나는 그가 포교 활동으로 고생해서 대머리가 된 줄 알았다. 삭발례의 그림을 보면 하비에르의 머리 모양과는 조금 다르지만 정수리에 머리털이 없는 것은 같다. 그러나 신앙에 관계없이 자연스레 삭발례가 돼버린 남자는 수없이 많다.

내가 대머리 남자에 대해 관대하다고 생각한 건지, 젊은 시절부터 머리숱이 적은 남자들에게 다양한 고백을 들었다.

어떤 이는 진지한 얼굴로 자신의 고민을 고백했다.

"외모에 신경 쓰기 시작한 중학생 때 아버지는 물론 할아버지와 친척 모두가 대머리라는 걸 깨달았어요. 그때 이후로 대머리에 대한 공포에 시달리며 대머리가 되는 악몽에 몇 번이고 가위에 눌렸어요. 아무도 모르게 노력하며 어떻게든 버티고 있어요."

그는 샴푸를 자주 하는 게 좋다는 소리를 들으면 필사적으로 감았고, 또 안 좋다는 소리를 들으면 당황하며 횟수를 줄였다.

'대체 어떻게 해야 좋을까!' 속으로 외친 적도 한두 번이 아니란다. 효과 있다고 소문난 발모제는 죄다 구입하고, 해외에 특효약이 있다는 이야기를 들으면 출장 가는 동료에게 몰래 부탁했다. 당시 그는 삼십 대 후반이었는데 이야기를 듣고 보니 앞쪽이 조금 적구나 정도였지 심각하게 고민하는지는 상상도 못했다.

"덥수룩하진 않아도 보통이에요."

위로가 아닌 느낀 그대로 말했는데 그는 주먹을 불끈 쥐었다.

"고마워요. 심한 악담을 하는 아내에게 꼭 들려주고 싶네요."

그의 아내는 얼굴을 마주할 때마다 차가운 시선을 보냈다.

"머리숱 더 적어졌어."

반론도 못하고 그는 아내가 다가오면 무의식적으로 얼굴을 돌리고 만다. 아이들마저 아내에게 동조되어 "부끄러워.", "참관일에는 오지 마." 따위의 말을 내뱉기 시작했다. 때문에 요즘엔 아내의 얼굴을 똑바로 보는 날이 없고 아이들 앞에서도 무심코 고개를 숙이게 되었다. 이대로라면 유전자보다도 가족관계로 인한 스트레스로 머리카락이 빠질 것이라며 한숨을 쉬었다.

또 다른 남자는 같은 대머리라도 외국인은 멋지다며 한숨을 쉰다. 양옆에 머리카락이 남아 있고 이마에서부터 후퇴하고 있는 남자는 당당하게 가슴을 펴고 어떤 남자를 비판하기 시작했다.

"나는 남자의 정통파 대머리 모양이고, 저놈은 이상해!"

자신의 대머리 모양은 부끄럽지 않지만 정수리가 벗겨진 자연삭발례 형은 꼴 보기 싫다는 것이다.

"저러면 아무리 잘생긴 남자라도 엉망이라고, 아하하."

그에게 비웃음을 산 그 남자는 정말로 좋은 사람으로, 자연 삭발례가 그 사람의 인격을 판단하는 기준이 되지는 않는다.

내 눈엔 똑같아서 '그게 그거 같은데요'라고 말하고 싶었지만, 그들끼리는 탈모 유형에 따라 우열이 가려지는 것 같다. 그런 사

소한 것이라도 그들에게 있어서는 중요한 문제를 내포하는 듯해 조금이라도 상대의 우위에 서려고 하는 남자들의 심리에 놀랐다.

대머리라도 멋있다고 불리는 외국인이니까 탈모 따위 신경 쓰지 않으리라 생각했는데, 축구선수 루니처럼 모발이식이 화제가 된 사람도 있다. 텔레비전에서 과거 그가 골을 넣는 장면에서 머리 부분을 클로즈업해 증거 영상을 내보내는 것도 봤다.

"보세요. 머리숱이 많아졌죠."

축구선수로서 최고의 수준에 이르고 세계적인 팀에서 활약하며 부와 명예를 얻어도 머리숱은 부나 명예로 상쇄되지 않는 모양이다. '지금 나에게 부족한 것은 머리털뿐이다!'라는 욕구가 점점 나오는 것일까. 어느 정도의 재력이 없으면 모발이식도 할 수 없는 것이고, 세상에 알려지더라도 머리숱을 늘리고 싶어 한다. 머리털이 있어도 듣고, 없어도 이런저런 말을 듣는다면 차라리 이식을 해서라도 머리털이 있는 게 좋다고 생각할지도 모른다.

얼마 전, 옆 동네를 산책하다 길가의 이발소에 눈길이 가서 무심코 멈춰 섰다. 거울 앞에 앉은 할아버지의 정수리 부분은 반들

반들, 양옆의 흰머리도 숱이 적었다. 그 적은 숱의 머리에 파랗고 노란 롯드가 줄지어 예쁘게 말려 있었다. 정중하게 롯드를 마는 이발사도, 할아버지도 활짝 웃으며 대화를 나누고 있었다. 머리가 벗겨진 사람이 남아 있는 머리카락에 파마를 하는 모습은 상상해보지 않았기 때문에 이런 일도 있구나 하고 약간의 충격을 받았다. 그 적은 머리털을 롯드로 돌돌 마는 상당한 기술에 놀랐다. 할아버지가 기뻐하며 파마를 하는 것은 이발소를 나선 후에 자신이 나름 멋있는 남자가 될 것이란 생각일 테다. 그 모습을 보며 탈모를 두려워하는 남자들에게 한마디 하고 싶어졌다.

"대머리에 신경 쓰지 마라. 얼마든지 멋진 남자가 될 수 있는 방법이 있지 않은가."

그래도 어떻게든 감추고 싶다면, 모발이식이나 가발에 의존하는 것은 어쩔 수 없는 일이다. 하지만 감추든 감추지 않든 주눅이 들거나 비뚤어진 생각은 마라!

"대머리네."라는 소리를 들으면 "응, 벗겨졌어."라고 웃으며 말할 수 있는 밝은 마음, 그런 마음가짐으로 살아가기를 바란다.

냄새나

성별에 따라 냄새에도 차이가 있다?

마흔인 한 여자가 네 살 연상의 남자를 만나 1년째 결혼 생활을
하고 있다. 일단은 신혼의 범주에 속한다. 두 사람은 만나자마자
속도위반을 해서 결혼에 이르렀기 때문에 서로에 대해 자세히 알
지 못했다. 그녀는 결혼을 하고 보니 남편에게서 너무나 고약한
냄새가 난다며 얼굴을 찡그렸다.

"남편에게서 냄새가 나요. 정말 지독해."

몇 번이나 볼멘소리로 이야기하기에 "그렇게 지독해?"라고 물
으니, 크게 고개를 끄덕이며 단호하게 대답했다.

"정말 심해요! 정신을 잃을 정도로."

그나마 옷을 입고 있을 때는 괜찮은데 남편이 사용한 베개 커
버나 셔츠, 속옷의 냄새는 보통 일이 아니다. 한 번의 세탁만으로
냄새가 사라지지 않아서 몇 번이나 남편의 옷만 따로 세탁을 했
지만 소용이 없어서 포기해버렸다. 남편의 세탁물을 세탁기에 넣
을 때마다, 널 때마다, 갤 때마다 "지독해!" 정말 기절할 정도다.

최근 남편의 옷가지를 대적할 때는 숨을 멈추는 게 당연한 일
이 되었다. 아무리 빨아도 냄새가 사라지지 않자 자신이 하고 있

는 세탁이라는 집안일이 성과 없이 느껴져 견딜 수 없다고 했다.

동거나 결혼 경험이 없는 나로서는 남자와 한 지붕 아래에 살아본 경험은 본가에서의 생활이 전부지만 아버지나 남동생에게서 냄새가 난다고 느낀 적은 없다. 깊이 교제한 남자 중에도 그런 사람은 없었다. 아마 그녀가 어린 시절부터 줄곧 어머니와 단둘이 생활해 집에 남자가 있는 상황이 익숙지 않을 수도 있다.

사람마다 지니고 있는 체취의 강도가 있기 마련이니, 그 차이의 문제가 아닐까 생각하며 그녀의 푸념을 듣고 있었다. 그녀의 남편을 실제로 만난 적은 없지만 사진으로 본 인상은 키가 크고 말랐으며 상냥한 분위기의 남자였다. 냄새가 난다는 말에 이른바 털이 많고 몸매가 탄탄한, 늘 씩씩대는 완전히 와일드한 타입을 상상했지만 그는 그것과는 정반대의 타입이었다.

TV에 나오는 분무식 소취제의 광고를 보면 '그렇게나 당신 남편과 아들은 냄새가 나는가' 라고 말하고 싶어질 정도로 칙칙 뿌려대고 있다. 신발에서, 들고 있는 가방에서, 교복에서, 동아리 유니폼에서, 양복에서, 일상복에서, 침대 시트에서, 앉아 있는 의자에서도 냄새가 난다. 그들이 사용하는 물건은 물론이고 주변의 모든 것에서 냄새가 난다. 게다가 세균 녀석까지 애니메이션에 등장하기도 한다. 병균 취급을 하는 것이다. 그것을 보고 나니 세상의 아들과 남편들이 너무도 가여워졌다.

'저렇게까지 냄새난다고 말할 필요는 없지 않나' 하고 생각했지만, 분명 냄새나는 남자가 있다는 사실은 틀림없었다.

남자에게서 냄새가 난다고 느낀 적이 있는지 생각해보니 두 번의 경험이 떠올랐다. 처음은 지금으로부터 20년 전, 무인세탁소를 사용했을 때였다. 세탁한 데님 재킷이 덜 말라서 근처 무인세탁소에 건조기를 사용하러 갔었다.

건조가 끝나기를 기다리며 의자에 앉아 있는데, 그곳에 의류가 담긴 큰 플라스틱 바구니를 든 대학생 느낌의 남자가 들어왔다. 내 재킷이 짙은 감색이라 안에 들어 있는 것을 보지 못했던 걸까. 그는 내가 사용 중인 기계의 문을 열려고 하기에 "아, 지금 사용하고 있어요"라고 말하며 일어나서 그에게 가까이 다가간 순간, 그가 들고 있던 바구니 안에서 여태껏 맡아본 적 없던 정말로 고

약한 냄새가 순식간에 내 콧구멍을 습격해왔다. 쉰 냄새라 해야 할지, 그 냄새의 입자만 주위보다도 온도와 습도가 높았다.

강렬한 에어펀치를 먹은 것처럼 몸이 뒤로 휠 정도로 도저히 말로는 표현이 안 되는 냄새였다. "웩!"

"죄송합니다. 죄송합니다."

선한 인상의 그는 너무도 미안해하며 몇 번이고 사과를 했지만 나는 숨을 참아가며 "괜찮아-요-헉!" 그게 최선이었다.

두 번째는 사찰을 구경하고 있는데 어디선가 스멀스멀 냄새가 났다. '무슨 냄새가 나는데.' 주위를 둘러보니 한 할아버지가 걷고 있었다. 혹시 그가 냄새의 주인일까 하고 시험 삼아 가까이 다가가니 점점 냄새가 강해졌다. 노인 냄새! 확실히 무인세탁소의 남자와는 다른 종류의 냄새였다. 둘 중 어느 쪽이 더 좋았냐고 묻는다면, 둘 다 싫었다. 아줌마, 할머니, 아저씨, 할아버지들 저마다 지니고 있는 냄새가 있겠지만 할머니의 냄새는 그리운 느낌이 드는 데 반해 할아버지의 냄새를 그립다고 말하는 이를 본 기억은 없다. 역시 성별에 따라 냄새의 차이가 있는 것 같다.

그녀의 남편이 내가 경험한 그들의 냄새와 같은 정도의 공격성을 가지고 있다고 한다면, 그것과 매일 대결하는 일이 정말로 힘들겠다는 측은한 마음이 들었다. 남편의 것은 젊은 에너지 발산의 냄새라고 말하기보다 노인 냄새에 가까울지도 모른다. 들은 이야기에 의하면 노인 냄새는 피부 표면 피지에 있는 지방산이 산화되는 과정에서 노넨알디하이드라는 물질이 나타나는 모양이다. 노인 냄새가 난다는 지적을 받으면 개선할 수 있는 방법은 있을까. 그는 아침 출근 전에 샤워를 하고 밤에도 목욕을 하기 때문에 청결 면에서는 문제가 없다. 그런데도 냄새가 지독하다.

　　그럼에도 냄새가 난다는 것은 굉장히 강렬한 뭔가가, 물질과 물질이 합체하여 마이너스의 상승효과를 발생시켜 그것이 체내에서 방출되고 있었다. 지금은 냄새 제거제도 많이 팔고 있기 때문에 그것을 사용하면 주위 사람들에게 에티켓을 지킬 수 있지만 바지에까지 그것을 뿌릴 수는 없다. 그래서 베개 커버나 바지를 세탁하는 부인이 매일 지독한 습격을 받아 괴로워하며 기절할 처지에 이르는 것이다.

젊은 남자 곁을 스쳐 지나갈 때면 여자보다 좋은 향이 나는 경우가 많다. 그것이 보디샴푸의 잔향인지, 탈취제인지, 향수인지는 모르겠으나 땀 냄새가 나는 젊은 남자를 만난 기억이 없다. 가장 좋은 향기가 났던 것은 건축 현장에서 일하고 있는 작업복을 걸친 남자였다. 180센티미터가 넘는 키의 이십 대 후반으로 보이는 남자로, 플로랄계의 기분 좋은 향기를 풍기고 있었다.

땀을 흘리는 일이라 그것이 신경 쓰여 많이 뿌리는 것인지, 누군가에게 지적을 받아 냄새를 없애려고 한 것인지, 열심히 일을 해서 땀냄새가 나더라도 냄새난다는 소리는 참을 수 없을 정도로 부끄러워서 만반의 준비를 하는 것인지 아무튼 주위에게 불결한 냄새를 풍기지 않도록 배려하고 있었다. 그렇다고 해서 그의 셔츠나 바지에서 냄새가 나는지 안 나는지는 모르겠다.

노인 냄새가 화제가 될 무렵 TV 프로그램에서 이를 조사한 적이 있다. 4~50대의 예능인 네 명과 가수 한 명으로 구성된 남자들과, 2~30대의 여자 탤런트 몇 명의 잠옷을 검사해 봤더니 노인 냄새가 난 것은 20대 후반의 여자 탤런트 한 명이었다. 기계로 검사했을 때 노인 냄새의 요소가 다른 이들에 비해 많다는 것이지 평소 그녀에게서 냄새가 나는 것은 아니었다. 자각을 하고 있었는지 물으니 그녀는 솔직히 말했다.

"가끔씩 있었어요."

인간은 살아 있는 생명이기에 누구든 자신에게서 '냄새나나?' 하고 느낀 경험이 있을 것이다. 나도 여름철이 되면 신경 쓰인다.

"나는 항상 장미향이 나."

이렇게 말하는 사람은 화려한 언니들 정도밖에 없지 않을까. 누구든 냄새날 때가 있다. 그러나 그것이 일상에서 동거하고 있는 가족에게까지 피해를 미친다고 한다면, 그것은 가정의 원만을 위해서도 대책을 생각하는 편이 좋다.

"남편이 냄새나서 싫어요."

만날 때마다 듣는 그녀의 푸념에 나도 '무슨 방법이 없을까?' 고민하던 차에, 어느 날 그녀가 밝은 얼굴로 말했다.

"냄새가 사라졌어요.. 세제로 바꿨더니 괜찮아졌어요.

나는 제품의 진화에 감탄했다. 아무리 씻어도 남편의 옷에서 냄새가 난다는 아내들의 고민이 제조 회사에 보내져서 냄새에 효과가 있는 제품이 개발된 것일 테다.

두 사람은 결혼할 때 주택을 구입하며 30년 대출을 받았는데, 빚을 전부 갚고 나면 남편은 73세가 된다. 정년퇴직한 뒤에도 13년이나 대출을 갚아야 하는 것이다. 최대한 아끼기 위해 그동안 값싼 세제를 써온 그녀였지만 냄새를 참는 데 한계가 와서 냄새 제거에 탁월하다는 값비싼 신제품을 구입해 봤다. 사용해보니 이것은 완전 신세계다. 마치 마법처럼 남편의 냄새가 사라졌다.

"역시 신제품은 좋네."

"정말 깜짝 놀랐어요. 광고가 거짓말이 아니었어요."

냄새와 함께 남편에 대한 그녀의 미움도 사라졌다. 세탁한 옷의 냄새는 사라졌지만 냄새를 풍기는 남편의 몸에 대한 근본적인 개선이 이루어진 것은 아니지만 그녀는 마음에 두지 않았다.

"남편의 몸은 상관없어요. 세탁물에서 냄새만 나지 않는다면."

불쌍하게도 냄새의 주인공이던 남편은 다소 평가가 올랐지만, 변함없이 냄새나는 채로 방치 중이다.

비둘기 남자

그의 다리 사이에는 큰 비둘기가 숨어 있다!

나보다 열두 살 어린 사십 대 여자들은 일을 하고 있고, 그중에는 기혼자도 많고 자녀를 둔 사람들도 있다. 한편, 나와 동년배인 친구들 중에서 기혼에 아이가 있음에도 계속해서 일을 하고 있는 여자는 교사를 하고 있는 한 사람뿐이다. 애써 취직을 해도 결혼 때문에 일을 그만둬야 하는 것이 당시에는 세상의 극히 평범한 생각 방식이었다. 따라서 나를 포함하여, 학교를 졸업하고 지금까지 계속해서 일을 하고 있는 사람은 모두 독신이다.

지금으로부터 41년 전, 고등학생 시절 학급회의 시간에 축구부 오가와의 "여자는 바보"라는 발언으로 한바탕 큰 소동이 일어났었다. 그 말을 들은 여자도 가만히 있지 않았다. 그 선두에 선 사람이 시게타였다. 반에서도 적극적으로 발언하고, 여자들 중 누구도 부탁하지 않았는데도 "모두 잘 알겠어. 내게 맡겨"라고 말하며 언제나 힘이 넘쳤다.

학급회의 때도 곧바로 "여자는 이렇게 생각합니다"라고 단호하게 말했다. 나와 친구들은 싸잡아서 말하지 말라고 불평하며 한숨을 쉬었다.

"여자가 아니라 너만 그렇게 생각할 뿐이라고."

시게타는 무조건 앞으로 나서는 타입이었다. 그런 시게타의 취미는 시음(詩吟)이었다. 한문 수업 시간에 낭랑한 목소리로 한시를 낭독하는 것을 듣고서는 뭐지? 하는 느낌도 들었다.

시게타가 머리 꼭대기에서 불을 내뿜으며 오가와의 말에 반론했다.

"그런 차별적 발언은 여자에게 실례입니다. 여자도 사회의 중요한 역할을 맡고 있고, 훌륭한 사람도 많이 있으니까요."

동성들이 별로 좋아하지는 않았지만 이번 건에 대해서는 그녀의 편을 들고 싶어졌다. 오가와가 코웃음을 치며 받아쳤다.

"여자는 능력도 없는 주제에 착각하고 있으니 바보라는 거야."

그러자 다른 남자아이가 손을 들었다.

"여자는 체력이든 능력이든 모든 면에 있어서 남자보다 못하니까 남자를 따라 결혼해서 집안일만 하면 돼."

그 말을 들은 시게타는 얼굴을 붉히며 또다시 히스테릭하게 반론을 펼쳤다.

"그렇게 히스테리를 부리니까 싫어하는 거야!"

나와 친구들이 작은 소리로 그녀에게 말하고 있는데, 대화를 엿듣고 있던 뒷자리의 남자아이가 작은 소리로 "맞아, 맞아" 맞장구치며 대화에 끼어들었다. 시게타는 배알이 뒤틀렸을 것이다. 화가 난 나머지 체내에서 북받치는 맹렬한 반론의 말을 제대로 정리하지 못하고 말을 더듬고 말았다.

"아우.아우.아우!"

오가와가 시게타를 향해 깔보는 듯한 표정을 짓자 진흙탕 싸움이 시작되었다. 오가와에 동의하는 '여자는 바보다'에 남자 10명, 시게타를 강렬하게 응원하는 '까불지 마'에 여자 10명의 대결로 이어졌고, 그저 방청인이 된 나머지 학생들은 나처럼 '재미는 있는데……' 곤혹스러운 표정을 하고 있었다.

그러나 오가와의 의견에 반기를 들어 시게타의 말에 힘을 실어주는 남자아이는 그 누구도 없었다.

"너희들의 엄마도 여자야. 그 말은 곧 바보 여자의 피가 네 안에 반은 흐르고 있다는 말이지."

'좋은 공격이다.'

최종적으로 여자 측이 발언하자, 그동안 방관자이던 여자들도 환호하며 박수를 쳤다. 이것으로 놈들도 잠잠해질 것이라 생각한 시게타가 의기양양한 얼굴을 하고 있는데, 오가와는 표정 하나 바꾸지 않고 말을 내뱉었다.

"엄마와 여자는 달라."

그곳에 있던 여자들은 모두 어처구니가 없다는 표정을 지었다.

'이 녀석에겐 그 어떤 말을 해도 소용없다!'

여자들은 완전히 질리고 말았다.

종료 벨이 울리자 파리라는 별명의 담임인 영어 교사가 양손을 마주 비비며 쭈뼛쭈뼛 말했다.

"나는 정말로 아내를 사랑해요."

그의 말에 학생들이 비웃었다. 시게타는 책상에 엎드린 채 소리 높여 울고 있었다. 의논에는 가담하지 않고 도대체 무슨 일이 일어날까 하면서,시종일관 방관자적 태도였던 나와 친구들은 오가와와 그에 동조한 남자들에게 '저놈들이야말로 바보다'라는 낙인을 찍었다.

그들의 발언은 순식간에 같은 학년의 다른 반 여자아이들에게까지 전해졌고, 그중에는 "그 자리에 있었다면 무조건 그놈들을 울릴 자신이 있었는데!"라며 분노하기도 했다.

'여자는 바보'라고 했으니 그런 바보 같은 족속들과는 분명 관계 맺고 싶지 않을 텐데, 오가와 그의 말에 동의한 패거리는 귀여운 여자에게 닥치는 대로 말을 걸었고, 이야기가 잘 정리되자 그녀를 데리고 득의양양하게 교내를 걸어다녔다. 그 모습을 보며 우리들은 그들의 본심을 알지 못해 고개를 갸웃거렸다.

'도대체 왜?'

방관자인 여자들은 오가와 '여자는 바보'에 동조한 그 일당에게 화가 났지만, 우리들이 좋아하고 있는 남자아이도 입 밖으로 내지는 않았지만 혹 그렇게 생각하고 있는 게 아닐지 걱정이 되었다. 그것을 생각을 불식시키기 위해, 우리는 저마다 자신이 좋아하는 남자는 오가와는 다르다고 단정 지어 말했다.

"그 애는 그렇지 않아. 걔네 엄마는 계속 일을 했으니까."

개는 착해. 오가와 같은 사람이 아니야

그러다 절대 '여자를 바보'라고 생각하지 않을 남자는 누구일까 이야기가 나오자 친구 중 한 명이 말을 꺼냈다.

"1학년 때 같은 반이었던 남자아이가 있는데, 개는 외모에 관계없이 모든 여자에게 친절하고 성적도 좋았어."

대개 남자들이란 미인에게는 친절하지만 못생기고 뚱뚱한 여자에게는 차갑기 때문에, 후자에 해당하는 나로서는 애당초 남자의 친절 따위는 기대하지 않았는데 그는 다르다고 하니 조금 흥미가 생겼다. 그 아이는 딱히 미남도 아니고 약간 살이 찐, 정확히 말하면 외관으로 인기를 끌 만한 유형은 아니었지만 우리는 왠지 흥미가 생겨 방과 후에 그를 보러 가기로 했다.

그는 교정 한쪽에서 친구들과 배드민턴을 치고 있었다.

"아, 있다 있어. 저기!"

추천자인 그녀가 가리킨 곳에는 살집이 통통한 남자가 즐겁게 친구와 셔틀콕을 주고받고 있었다.

"그래, 그래, 저 사람. ……으응?"

그를 보기 위해 가까이 갈수록 우리의 얼굴은 점점 굳어졌다.

"저거, 뭐야……?!"

그는 흰색 추리닝을 입고 있었는데 그것도 두꺼운 면이 아니라 아주 얇은 니트 소재로, 체형 탓인지 아니면 바지가 너무 작은 탓인지 마치 쫄바지를 입은 것처럼 포동포동한 하반신에 딱 들러붙어 있었다.

"뭐야?"라고 불린 것은 그의 다리 사이의 물건이었다. 그곳에는 큰 비둘기가 숨어 있었다. 그가 셔틀콕을 쫓아 움직일 때마다 그 비둘기도 다리 사이에서 따라 움직였다. 다른 남자아이들도 모두 같은 추리닝을 입고 있었지만 다들 몸이 마르고 품이 낙낙하여 다리 사이의 그것은 짐작할 수 없었다. 하지만 유독 그만 버젓이 다리 사이가 불룩하였다.

"으악! 뭐야!"

소리치며 얼굴을 가리거나, 얼굴을 붉히며 앞으로 고꾸라질 듯이 응시하거나, 그저 놀라는 등 우리의 대응은 제각각이었지만 그를 강력 추천했던 여자는 악 소리를 내며 머리를 감쌌다.

들떠 있던 우리는 그의 비둘기를 본 순간 단번에 사라져, 고개를 숙인 채 교실로 돌아갔다. 그가 어떤 사람인지를 판단하기 전에 그 강렬한 물건에 압도되어 모두 말수가 줄어들었다.

"창피하지 않나? 그런 바지를 입으면 어떻게 될지 알지 않나?"

한 명이 화를 냈다.

"다른 남자들이 아무 말도 안 해주나 봐."

"같이 배드민턴 치는 아이들도 아무렇지 않은 얼굴이었어."

"남자에게는 당연할지 모르지만 우리 학교는 공학이잖아. 좀 더 신경을 써야지. 그건 여자가 노브라로 있는 것과 같잖아."

"싫어. 말도 안 돼!"

비둘기에게 자극받은 친구들 사이에서 한 명만은 대화에 참여하지 않고 그저 자지러지게 웃어댔다. 모두에게 상냥하던 그 남자는 어찌됐건 '비둘기 男'이 되었고, 기대에 부풀어 올랐던 우리들은 감정 정리가 되지 않은 채 조용히 집으로 돌아갔다.

3학년이 되자 누군가에게 주의를 받았는지 그렇지 않으면 학년이 올라간 것을 계기로 옷을 바꾼 건지는 모르겠으나, 그의 운동복은 쫄바지가 아닌 바지폭이 넓은 면 추리닝으로 바뀌어 더 이상 비둘기가 있는 곳은 알 수 없게 되었다. 그렇지만 우리들은 그때의 비둘기의 충격이 뇌리에 박혀 있어, 그가 아무리 좋은 사람이라는 말을 들어도 연애 상대로는 볼 수 없게 되었다. 그를 볼 때마다 마치 비둘기가 옷을 입고 있는 것처럼 느껴졌다.

그 후 그에게 여자 친구가 생겼다. 학생회 활동을 함께 하고 있는 2학년생으로, 피부가 희고 머리도 좋고 귀여운 아이였다. 그가 그녀와 어깨를 나란히 하고 걸어가는 모습을 보면서 친구들 중 한 명이 중얼거렸다.

"그가 비둘기 男이라는 것을 알고 사귀는 걸까."

"글쎄, 그건 남자들 모두가 가지고 있는 거니까."

"앗, 모두 비둘기야?"

"참새가 있을지도 모르겠지만."

"십자매도 있을걸."

"근데, 그게 어떤 차이가 있어?"

남자 경험이 없던 우리는 비둘기다 참새다 떠들었다. 비둘기

男과 그의 여자 친구의 모습을 보고 있으니 왠지 흥분이 된 것은 사실이었다.

지금 그들이 어떻게 지내고 있는지는 모른다. '여자는 바보'라는 발언을 한 오가와는 그 뒤로도 계속해서 여자에게 "너는 바보니까 내가 하라는 대로 계속 집에만 있으면 돼'라고 말했을까?"

비둘기 男은 비둘기와 함께 여자의 의지를 존중하는 가정을 가졌을까? 고등학생의 말이라고는 해도 '여자는 바보'라고 말할 수 있었던 환경은 지금으로서는 상상할 수도 없다. 도중에 마음을 바꾼 남자도 있었을지 모르고, 그때 그 생각 그대로 지금에 이른 사람도 있을 것이다.

이 이야기를 들은 젊은 여자들은 믿을 수 없다고 말하지만, 나보다 연상인 여자들은 분명 더 힘들었을 것이다.

어렸을 때와는 달리 지금은 그 일을 떠올려도 화가 나진 않는다. 다만 그런 폭언을 내뱉은 밉살맞은 그들 덕에 남자에게 의지하지 않는 자립심이 움트는 데 도움이 된 것은 확실하다며 나는 고마워하고 있다.

바람은 그날의 우발적 충동

오늘밤은 이대로 집에 돌아가기 싫다

'바람은 그날의 우발적 충동'

누구의 말인지, 언제 사용된 말인지 모르지만 이 말을 듣고 크게 웃었던 적이 있다. 그날만의 놀이로 끝나기도 하고, 상대가 그럴 마음이 들었다면 관계가 지속되어 불륜이 되는 경우도 있을 것이다. 불륜을 하고 싶은 사람들은 하면 되지만 나는 불륜을 한 적도 없을뿐더러 전혀 흥미롭지 않다. 멋있는 남자라도 애인이 있거나 아내가 있다는 사실을 알게 되면 갑자기 열이 식어버린다. 정열적인 연애 체질이 아니기 때문일까.

직장 생활을 하던 시절의 동료 중에 습관적으로 불륜을 하는 여자가 있었다. 그녀가 교제하는 상대는 반드시 유부남이었다. 도대체 왜 그러느냐고 물으니 처음에는 아무런 감정이 없다가 둘이서 술을 마신 뒤에 어지럽게 얽혀버려 그것을 운명이라 느끼고 남녀 관계를 지속했다고 한다. 그와의 관계가 정체되고 캐리어를 목표로 회사를 옮겨도 그곳에서 또다시 새로운 불륜이 시작되었다. '또 시작이야?' 어이없어하며 이야기를 듣고 있자니, 그녀는 마치 자신을 소설의 여주인공처럼 여기고 있었다.

"그 사람은 부인보다 나를 더 사랑한다고 했어."

흠. 나는 콧김으로 대답을 대신할 수밖에 없었다. 상대에 대한 감정이 중요한 게 아니라 그의 아내보다 자신이 더 사랑받고 있다는 느낌과 해서는 안 되는 일을 한다는 아슬아슬한 기분이 더 좋은 것 같았다. 연애를 한다기보다 그의 아내와 자신의 동성 간의 싸움 같은 것이었다. 그녀를 선택하고 처자식과 헤어진 남자는 없었다. 정말 부부 사이가 나쁘지 않은 한, 아무리 달콤한 말을 해도 처자식과 간단히 헤어지지 못하는 것은 당연한 일이다.

그녀의 불륜 상대가 모두 대단한 인격을 가지고 있거나 외관이 좋은 것도 아니다.

'도대체 저 사람 어디가?'

고개가 갸웃거려지는 남자도 많다. 연애는 당사자밖에 모르는 부분이 많기 때문에 타인은 깊게 관여할 수 없다. 다만 좋아하는 남자가 생겼는데 상대에게 처자식이 있다고 한다면, 타인의 소유물이니 포기하고 다른 사람을 찾는 것이 순리가 아닐까.

전혀 연애 체질이 아닌 내게도 '바람은 그날의 우발적 충동'과 같은 미묘한 일이 일어나 깜짝 놀란 적이 있다. 회사에서 쫑파티 겸 송년회 모임을 마치고 집 가는 방향이 같은 남자와 택시를 동승했다. 그는 회사와 오랜 시간 함께 한 거래처 사람으로 상사에게서 그를 잘 데려다주라는 부탁을 받은 상황이었다.

그런데 그사이 그의 모습이 수상해졌다.

"집사람이랑 연락 안 한 지 오래야."

"이대로 집에 돌아가기 싫다."

혼잣말 같지만 이쪽에 제대로 들리게끔 말하는 것이다.

'뭐라는 거야.'

나는 무시해버렸다. 앞만 보며 모르는 척하고 있으니, 못 들었다고 생각했는지 그는 끈질기게 몇 번이나 "마누라랑 연락 안 한 지 오래야"를 되풀이했다. 그 모습을 지켜보던 중년의 택시 기사의 콧김이 점점 거칠어졌다. 백미러로 기사의 모습을 살피니, 아무래도 그의 발언에 분개한 듯 불쾌한 표정을 짓고 있었다.

당시 내가 살던 아파트가 자리한 골목은 매우 좁아 큰길에서 내리자 운전기사가 큰 소리로 말했다.

"조심하세요!"

나는 아파트로 향하면서 도대체 저 사람이 뭔 속셈인가 하고 기가 막히고 말았다.

두 번째는 그 1년 후, 송년회를 끝내고 돌아가는 길이었는데 같은 방향으로 가는 남자와 택시에 탔다. 그 또한 상사와 오랜 기간 함께 일했던 사람이다.

"키스 안 해주면 집에 안 보낼 거야."

뜬금없이 그가 내 손목을 잡았다. 웩!

"그만하세요."

기겁을 하며 그만하라는데도 손목을 꽉 잡고 있기에, 나는 손은 그대로 두고 피해를 당하지 않도록 있는 힘껏 얼굴을 돌렸다.

"아이, 키스해 줘. 부탁이야."

그는 몸을 비비 꼬며 속삭였다.

"제발 그만하세요!"

너무 화가 나서 언성을 높이자 운전기사가 몇 번이나 뒤를 돌아보며 말을 걸었다.

"괜찮아요? 괜찮으세요?"

나는 다시 한번 있는 힘을 다해 손을 빼냈고, 그제야 그는 손을 놓고 도착지까지 내내 고개를 푹 숙이고 있었다.

술주정꾼도 싫지만, 주사를 너그러이 이해하려는 생각 또한 너무 싫다. 술을 마신 뒤가 그 사람의 진짜 모습이다. 그들의 사과 방식은 하나같이 비슷하다. 그다음 날, 그는 아직 상사가 출근하지 않은 근무 시작 직후에 회사로 전화를 해서는 사과를 했다.

"어제는 정말로 죄송했습니다."

"네."

나는 그 한마디만 하고서 전화를 끊었다. 내가 회사에 근무하는 한 얼굴을 마주할 기회도 많을 텐데 잘도 이런 일을 벌였구나 생각하니 한편으로 어이가 없었다.

세 번째는 글 쓰는 일을 시작했을 때인데, 한 번 일을 했던 적이 있는 편집자에게서 연락이 왔다. 일에 대한 회의를 하고 싶다며, 내 집 근처의 역 뒷골목에 있는 가게에서 더군다나 밤 9시에 만나자고 했다. '회의라면 낮에 차 마시며' 하자고 부탁하니 꼭 그 가게여야 한다고 우겨댔다.

"특별히 내가 그 근처로 가는 거니까 거기서 봐요."

하는 수 없이 나가 보니, 일을 끝내고 찾은 직장인 남자들이 술을 마시고 있는 번잡한 가게였다.

'왜 이런 시끄러운 가게에서 집요한 아저씨와 일 이야기를 해야만 하는 걸까.'

그는 일 이야기는 하지 않고 계속해서 자기 자랑만 늘어놓았다. 예능인 ○○와 아는 사이다, 유명인 ××와 함께 여행도 갔다. 아무 상관없는 이야기에 나는 화가 났다.

'일 이야기는 어떻게 된 거야.'

더 이상 그와 함께 뭔가 먹을 기분이 나지 않아 나는 차를 마시고 있었다.

"그러면 마무리로 밥을!"

끝없이 늘어놓던 자랑을 끝내고 그가 점원을 불렀다. 점원은 우동은 있어도 밥은 팔지 않는다고 대답했다.

"뭐? 밥이 없다고! 밥이 없다는 말이 무슨 의미야!"

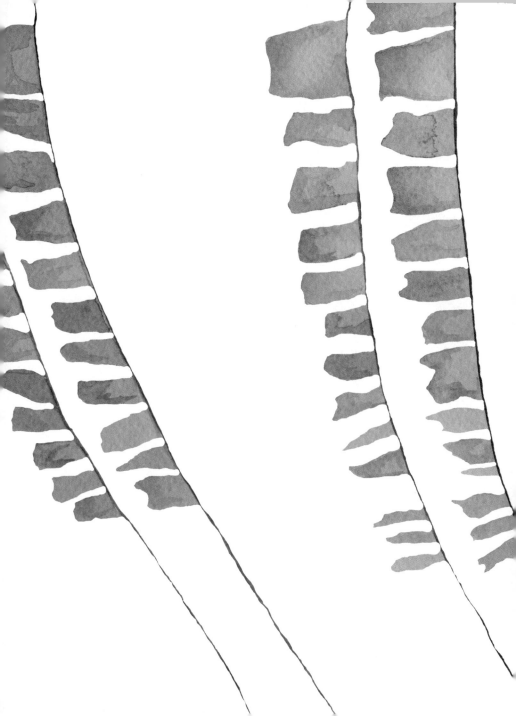

그는 눈을 똥그랗게 떴다.

'말 그대로 밥이 없다는 말이죠.'

속으로 웃으며, 이걸로 이 음울한 상황에서 해방이구나 안도감을 느꼈다. 그런데 그는 아이처럼 떼를 쓰며 밥 먹고 싶지 않느냐고 내게도 동의를 구했다.

"밥이 먹고 싶어, 밥."

"아니요, 전 됐어요."

이것으로 이제 끝나겠다고 기뻐했는데 그는 집요하게도 줄기차게 '밥, 밥'을 말하며 가게를 나온 뒤에도 상점가를 두리번두리번 둘러보며 중얼댔다.

"어딘가에 밥이 없을까……."

이미 10시 반이 넘어 식당들은 문을 닫고 있었고 당시에는 편의점도 없었다. 그런데 불이 켜져 있는 한 술집이 보였다.

"여기라면 있을 거야."

그는 기쁜 듯이 가게 안으로 들어갔다. 확실히 그곳은 술을 즐기기 위한 가게로 술을 마시지 못하는 나는 차를 주문할 수도 없어, 평소엔 마시지 않는 콜라를 주문하게 되었다.

"주먹밥!"

그는 자리에 앉자마자 외쳤다. 계산대에 있던 주인이 조용한 어투로 말했다.

"밥 종류는 없어요."

나는 터질 듯한 웃음을 참으며 고개를 숙이고 콜라를 마셨다.

"밥이 없다고요? 이런 규모의 가게에 밥이 없다니……."

"오늘 분량은 다 나가고 없어요."

당황한 주인이 재차 차갑게 대답했다.

"새로 밥을 지으면 안 돼요?"

"안 됩니다."

'참 운도 없는 사람이군.'

나는 웃음이 나는 얼굴을 들키지 않도록 고개를 돌렸다.

"그래요……. 아, 없는 건가……."

그는 어깨를 떨어뜨리며 분명 마시고 싶지도 않을 술을 세 병 주문했다. 한동안 말없이 마시고 있던 그는 갑자기 가방 안에서 한 권의 책을 꺼내들며 뜬금없이 여자 말투로 말하기 시작했다.

"참, 오늘은 얼마 전에 출간한 책을 주려고 생각했어요."

아무래도 일 이야기는 거짓말이었던 것 같다. 자비출판이라 말한 책을 내게 전하는 척하며 땀에 젖은 축축한 손으로 어떻게든 내 손을 잡으려고 했다.

'웩, 기분 나빠!'

당황하여 손을 빼자 그는 또다시 몸을 꼬며 책을 내밀었다.

"부탁이야, 이거 꼭 주고 싶어서 그래. 받아, 제발 부탁이야."

그러고는 그 틈에 다시 손을 잡으려고 하기에 낚아채듯 책을 받아 가방 안에 넣고 거짓말을 하며 돌아가려고 했다.

"아직 일이 끝나지 않아서요."

그는 갑자기 이상한 소리를 해대기 시작했다.

"지금 요코 씨 집에 집에 가도 될까?"

노골적으로 싫은 표정을 짓는데도 그는 끈덕지게 들러붙었다.

"잠깐은 괜찮잖아. 가게 해줘. 집 근처까지 왔는데. 응? 응?"

나는 도저히 참을 수가 없어서 한마디 내뱉어버렸다.

"우리 집에는 밥 없으니까 빨리 돌아가세요."

그는 투덜거리며 돌아갔다. 정말 진절머리가 난 밤이었다.

세 사람 모두 아내가 있는데도 이런 행동을 한다.

'세상의 아내들은 남편의, 틈만 있으면 하는, 이런 민폐 행동을 알고 있으려나.'

딱히 요염하지도 여성스럽지도 아름답지도 않은 나에게조차 이런 재난이 일어나는데, 남자의 눈을 끄는 여자라면 틀림없이 유혹이 많아서 큰일일 것이다.

처자식이 있다면 책임감이 있을 텐데, 정말로 한심한 놈들이라 경멸했지만, '마누라와는 무소식'이라거나 키스나 밥에 집착하는 모습을 보니, 가족의 책임자 혹은 남편이라는 입장은 진즉에 아내에게 박탈되어 가정 내에서 무시당하고 있을지도 모르겠다.

'그런 울분을, 가끔씩 그곳에 있던 나에게 풀려고 했던 것일까.'

둘만 남게 된 그 시간을 운명이 아닌 최악의 불행이라 느낀 나는 그런 생각을 하며, 20년 이상이 지난 지금도 그때 일들을 떠올리면 조금 화가 난다.

저음이 좋다?

저음인 남자는 정자 수가 적다?

목소리 인상은 남녀 모두에게 아주 중요하다. 예전에는 여자는 높고 귀여운 목소리가 좋은 목소리라 했다. 많은 여자아이들이 그 사실을 알고 있었다. 초등학교 때부터 누구에게 배웠는지, 태어난 지 십 년도 되지 않은 여자아이가 남자아이와 이야기를 나눌 때면 보통 여자들 이야기할 때보다 한 톤 내지 두 톤 정도 목소리를 높여서 귀여움을 강조하려고 했다. 당연히 같은 여자들에게는 미움을 받았다. 예를 들면 백화점이나 공공시설 안내방송의 여자의 목소리는 마치 머리끝의 작은 바늘구멍에서 소리를 내는 것처럼 톤이 높고 달콤한 말투가 대부분이다. 그런 목소리를 들을 때마다 저음인 나는 불쾌했다.

'훗'

위협적인 여자 목소리의 안내방송 같은 건 들은 적도 없을뿐더러, 높고 귀여운 목소리가 호감을 산다며 남자 중심의 세상에서 요구되었던 것이다.

내 목소리가 낮은 건 갓난아기 때 밤새도록 심하게 울어대는 바람에 목이 쉰 것이 틀림없다고 모친이 말했기에, 갓난아기 때부터 이미 여성스러운 귀여움은 잃어버린 것 같다. 초등학교부터 고등학교 때까지 음악 성적은 좋았지만 가창 시험만은 서툴렀다. 교과서 악보의 음을 맞출 수 없어 노래 부르기가 정말 싫었다. 반주를 하는 음악 선생님은 노래방 기계처럼 음정을 바꿔주지 않았다. 남자는 변성기라는 큰 벽이 있지만 나는 여자인데도 이미 갓난아기 때 변성기를 경험한 것 같았다.

　여자와는 반대로 남자는 저음이 좋다고들 한다. 변성기 전에는 보이 소프라노가 소년다운 아름다운 목소리라 칭찬을 받다가, 그 후에는 낮은 목소리가 좋다고 말하기 때문에 진폭이 크다. 아름다운 목소리라 하면, 내가 초등학생이던 시절에 천사의 노랫소리라 불리는 빈 소년합창단의 아이들이 아주 인기가 많았다. 요즘의 남자 아이돌처럼 〈주간 마가렛〉이나 〈소녀 프렌드〉라는 만화 잡지의 모델로 등장하거나 특집 기사가 게재되던 것을 기억하고 있다. '푸른 도나우'라는 단원의 한 아이가 변성기를 맞이하여 큰일이 나는 내용의 영화도 공개되었다. 변성기 전에는 너무나 귀여운 목소리였는데 상상할 수 없을 정도의 굵고 탁한 목소리로 바뀐 남자도 있을지 모른다.

변성기가 시작되는 중학생 남자 목소리는 심각할 정도로 지저분하다. 얌전히 있으면 좋으련만 그중에는 여자 이상으로 수다스러워서, 도대체 뭐가 그렇게 떠들 일이 많은지 항상 껄껄 시끄럽게 떠들던 놈이 있었다.

"시끄러워!"

그 아이는 여자들에게 미움을 받았고 동급생 남자들도 질려했다. 그래도 계속해서 떠드는 사이 목이 쉬거나 뒤집히며 상황은 점점 더 심각해졌다.

"아하하, 아하하하!"

그런데도 그 아이는 웃음보라도 터진 것처럼 웃어젖혔다.

"너 시끄러워."

결국 담임에게 정수리에 꿀밤을 맞고서야 겨우 수습이 되는 상태였다. 그의 듣기 괴로운, 시끄러운 목소리를 듣는 것만으로도 왠지 피곤해졌다. 그 후 그의 목소리가 어떻게 됐는지는 모르지만, 중요한 시기에 매일같이 꽥꽥 소리를 질러댔으니 성대에 상당한 악영향이 미쳤으리라 생각한다.

대학 시절, 목소리에 자신 있어 하는 남자가 있었는데 아주 자만심이 대단하다는 소문이 돌았다.

"내가 한마디 속삭이면 여자들은 반드시 바지를 벗지."

"그렇게 좋은 목소리인가?"

친구와 내가 고개를 갸웃거리니 같은 과의 남학생이 한번 보고 감상을 말해 달라며 우리를 이끌었다. 평상시 자신감이 넘쳐대는 그 남자가 싫어서 어떻게든 발목을 잡고 싶었던 모양이었다. 남학생의 인솔로 그가 다니고 있는 학과 건물 앞에서 볼일이 있는 척하며 어슬렁거렸다.

"저기 나온다, 가장 왼쪽."

건물에서 나오는 세 사람이 나오고 있었다. 친구들과 담소를 나누며 모습을 나타낸 소문 속의 남자는 특별히 멋있지도 세련되지도 않은 지극히 평범한 학생이었다. 다만 친구들과 이야기를 나누고 있는데도 목소리가 아주 크고, 시선은 무턱대고 지나가는 여학생들을 뒤쫓으며 의식하고 있다는 것을 똑똑히 엿볼 수

있었다. 여학생들은 그에게 눈길 한번 안 주는데 남자는 그것도 모르고 거들먹거리는 듯했다.

'나야, 봐봐. 그래 나라고! 거기, 내 목소리 듣고 있어? 어이, 이것 봐! 하반신에 전해지는 좋은 목소리지? 나를 봐, 보라고!'

엄청난 자의식의 기운을 발산하고 있었다.

"저놈 뭐야. 이상한 놈이네."

"바보 같아. 가서 말해주고 싶어. '아무도 너 같은 놈 안 봐!'"

그의 목소리는 확실히 저음이었다. 하지만 바지를 벗고 싶어질 만큼의 효과는 없었다.

"칸막이 너머에서 저 목소리를 듣고 만에 하나 바지를 벗었다 하더라도 저놈의 얼굴을 보면 당장에 도로 입겠는데."

친구는 그렇게 말했다.

"맞아. 저런 놈은 진짜 밥맛없어."

그 남자를 적대시하고 있던, 우리를 인솔해온 남학생은 굉장히 기쁜 얼굴을 하고서는 근처 찻집으로 데려가 커피를 사주었다. 수업이 있다며 인솔자는 먼저 가게를 나가고 남겨진 우리 두 여자는 학부의 장래를 한탄했다.

"결국 남자는 그게 그거인 것 같아."

확실히 저음이 좋을지도 모른다. 내가 처음으로 남자의 목소리 톤이 중요하다고 생각한 건 데이비드 베컴을 봤을 때였다. 그는 축구에서 좋은 평가를 받고 외모도 체형도 결점이 없다. 아내는 전 아이돌 가수에다 사랑스러운 아이들도 있고 더 이상 나무랄 데가 없다. 하지만 텔레비전을 통해 처음으로 그의 목소리를 들었을 때, 엉겁결에 탄식이 나오고 말았다.

"아쉽다!"

목소리만 들으면 그 외모가 도저히 상상이 안 될 지경. 그는 여러 재능을 타고났지만 목소리까지는 얻지 못한 것이다. 역시 인간은 완벽하지 않다. 아무리 외모와 속이 대단한 사람이라도 반드시 타인에게 지적당할 무언가를 가지고 태어나는 것이다.

목소리 톤이 높은 남자는 동성에게 지적받는 일이 많은 것 같다. 한번은 몇 명의 남자가 누군가를 험담하는 걸 들었다.

"그 녀석, 완전 찢어지는 목소리야."

그들은 그 사람의 이야기를 하며 웃어댔다. 비딱하게 위를 올려다보면서 그의 흉내를 냈다.

"저기-잇!"

당시에는 찢어지는 목소리의 그와 면식이 없었기에 그저 그 이야기를 듣고만 있을 뿐이었다. 분명 그들은 그 사람 면전에 대고 목소리 톤을 지적하지는 않았을 것이다. 하지만 뒤에서는 재미있다며 웃어대고 있었다. 그를 알고 있는 남자들은 그에 대한 화제가 나올 때마다 본론으로 들어가기 전에 반드시 모두들 그의 흉내를 냈다. "저기-잇!"

마치 누구나 따라 하는 유명인의 성대모사를 하듯 그의 찢어지는 목소리를 따라 하는 게 모두에게 정착되어 있다는 데 굉장히 놀라고 말았다.

그리고 어느 날, 드디어 그와 만날 기회가 생겼다. 이야기를 나누는 동안 그는 찢어지는 목소리로 말했다.

"저기-잇!"

'아, 이건가.' 웃음이 날 것 같았지만 꾹 참았다. 그의 목소리를 확실히 높은 고음이었지만 그에 대한 느낌이 싫지 않았다. "내 목소리를 들으면 여자는 반드시 바지를 벗지." 호언장담하던 자신만만 그놈보다 몇십 배는 좋은 사람이었다.

남자의 저음이 인기 있는 이유는 여성스러움과 남성스러움이 존재하기 때문이다. 남자는 변성기를 지나며 목소리가 낮아지기에 저음 쪽이 보다 남자답다. 여자는 유방이 커지기 때문에 가슴이 큰 쪽이 여성스럽다는 생각 방식과 닮았다. 목소리 톤이 높은 남자나 가슴이 작은 여자에게는 실례되는 이야기다. 가슴은 인공적으로 크게 만들 수 있지만 목소리 톤을 바꿀 방법은 달리 없다. 변성기로 변화된 목소리와 평생 함께 갈 수밖에 없는 것이다.

남자의 저음이 좋은 건 침대 위에서 이런저런 말을 나눌 때 저음이 보다 효과적이라는 이야기가 아닐까. 로맨틱한 분위기에서 "저기-잇!" 갑자기 쨍한 목소리가 들려온다면 흥이 깨질 것이다. 귓가에 속삭이는 저음이 로맨틱한 분위기를 한껏 무르익게 만드는 것은 아무리 연애에 둔감한 나라도 이해가 간다.

요전 날 인터넷으로 뉴스를 체크하고 있는데 〈내셔널지오그래

픽〉에 웨스턴오스트레일리아대학의 진화생물학자가 "목소리가 저음인 남자는 번식력은 정상이지만 정액 속의 정자 수가 적다"는 설을 주장했다고 보도되었다. 남자다운 저음을 만들기 위해 에너지가 소비되면 하반신 쪽이 부족해지는 모양이다. 그만큼 생물로서 남자의 목소리가 중요시되고 있다는 증거이다.

목소리가 낮은 남자가 여자와 로맨틱한 분위기를 이끌기 쉬워지면 그뿐만 아니라 그 뒤에도 문제가 된다. 다음은 개인적인 기술과 궁합의 문제겠지만, 정자 수가 적으면 여자가 임신할 확률이 낮아진다는 말이 된다. 아이를 원하는 부부에게는 문제가 되지만, 여자와 그저 하룻밤 놀고 싶어 하는 유형의 무리에게는 안성맞춤의 설이 아닌가.

건방진 태도로 여자가 스스로 바지를 벗게 만든다고 말한 그놈이 이 이야기를 알게 되면 그는 분명 이렇게 말할 것이다.

"나는 끄떡없어!"

그러면서 제 목소리에 넘어가 흔들리는 여자와 하고 싶은 만큼 할 것이 틀림없을 거라는 게 화가 난다. 자신만만인 남자에게 그 이상 과한 자신감을 가지게 할 필요는 없다.

그럼 목소리 톤이 높은 남자는 정자 수가 많다는 이야기인가. "저기-잇"의 정액에는 먹이에 모여드는 연못의 잉어처럼, 정자가 우글우글 모여 헤엄치고 있다는 말인가. 그의 하반신을 내려다 보면서, 매년 1월 10일에 열리는 신년 행사인 후쿠오토코(福男)를 뽑기 위해 효고 현 니시노미야 신사 앞에 모여든 남자들처럼 빡빡하게 정자가 모여 활짝 열리기를 기다리고 있는 상태일지 모른다는 생각이 들었다. 반대로 저음의 남자는 주택지 안의 신사처럼 사람이 있기는 있지만 한산한 상태. 그래도 번식력에 문제는 없으니까 뭐, 힘내라고 밖에는 더 이상 할 말이 없다.

남자에게 있어서는 눈에 보이지 않는 체내의 사정보다도 보여지는 쪽이 문제겠지. 하지만 남자답다고 여겨지는 저음의 남자가 번식력도 강한데다 정자가 우글우글한 상태라면 고음의 남자의 설 자리는 없다. 정말로 생물의 몸은 플러스와 마이너스의 균형이 적절히 이루어져 있다며 나는 새삼 혀를 내두르고 말았다.

기가 센 여자의 미래

존재감이 약한 남자, 드센 여자

'여자는 바보'라는 오가와의 발언으로 대격론이 일어난 〈비둘기 남자〉를 읽고 나보다 연하의 남자가 말했다.

"차마 반대 의견은 말할 수 없었을 테고, 반에 있던 남학생 모두가 그렇게 생각하지는 않았을 거예요."

직장인 엄마가 늘어나고 있기에 여자에 대한 남자의 지각은 매년 변화하고 있다. 그와 비교해 나보다 높은 세대의 여자들은 손해를 봤다는 기분이 든다. 여자는 대학에 진학하면 혼기가 늦어지기 때문에 단기 대학이 매우 인기 있었다. 4년제 대학을 졸업한 여자에 대해서는 건방진 할머니 취급을 했다. 물론 그렇지 않은 기업도 있기는 했지만 일반적으로 대학을 졸업한 여자는 인맥 이외에는 취직이 어려웠던 것이 사실이다. 겨우 취직할 곳을 찾고 연애를 하더라도 막상 결혼을 하게 되면 상대가 압박하기 시작했다.

"결혼하면 일 그만둬."

결혼을 하면 여자는 전업주부가 된다는 공식을 당연시했었다. 별수 없이 일을 그만두고 가정으로 들어간 사람도 있고, 울며 남자와 헤어진 사람도 있었다.

"당신들은 애인에게 이런 말은 안 듣죠?"

1985년 시행된 남녀고용기회균등법 1기 여자에게 물었더니 고개를 가로저었다.

"'결혼하면 일 그만둬', '나와 일 중에 뭐가 더 중요해' 이런 말 들은 사람이 많아요."

나보다 나이가 어려도 여자는 남자의 의견에 따라야 한다는 남자들이 존재하는 모양이다.

그 후, 세상의 상황이 변화되어 오면서 사내에서 어떤 취급을 받고 있는지는 모르지만 일단 표면상으로는 여자에 대한 취직의 문은 개방되어 있고, 취직 후에 결혼을 하고 출산 휴가를 쓰고 복귀하는 여자도 많아졌다. 회사의 수용 태세가 갖추어졌다기보다는 여자들이 노력해서 그런 시스템을 만들었다는 게 더 맞는 말이다.

대개 나와 동년배나 연상인 남자들은 대부분 바깥일 외에는 지나치게 둔감하다. 아내가 혼자서 마음대로 임신을 하고 아이를 낳고, 아이도 혼자서 자랐다고 생각하고 있다. 식탁에 앉으면 누가 만들었는지도 생각하지 않고 눈앞의 음식을 당연하게 여긴다. 뒤에서 아내가 얼마나 고생하고 있는지는 생각하려고 들지도 않는다. 가정이란 부부가 협력하여 만들어가는 것임을 아내는 알고 있지만, 남편은 가정도 회사처럼 상하관계로 이루어진다고 착각하고 있다.

아내가 불만이나 푸념을 늘어놓으면 "누구 덕분에 생활하고 있는데"라며 구질구질한 최후의 수단을 쓰고, 이것으로 모든 일이 정리되었다고 안심하는 것이다. 옛날 같았으면 여자는 할 수 없이 포기하고 말았겠지만, 이제는 세상이 변해 아내에게 남편이 버림받게 되는 시대가 되었다. 아내가 이혼을 들이대고 나서야 처음으로 일의 중대함을 깨닫게 되는 상태로, 상황 파악이 아주 무디다. 그 후, 일을 하는 여자도 많아지고 남자의 의식도 바뀌어 집안일이나 육아를 분담하는 남편이 증가한 것은 좋은 경향이다.

그런데 세상을 살 만하다고 느끼면 우쭐해버리는 것이 인간의 슬픔이다. 좋은 의미든 나쁜 의미든 여자의 힘에 박차가 가해졌다. 여고생의 거친 말투가 문제가 되었다.

"시험이든 면접에서든 여자의 성적이 아주 좋아. 남자는 좌우간 안 된다니까."

당시 자주 들리던 말이다. 여고의 편차치가 오르는 한편, 일부를 제외하고는 남고의 편차치가 내려갔기 때문에 학력 수준을 유지하기 위해 학교를 남녀공학으로 바꾼다는 소문도 들었다.

여자는 취직한 후에도 주위 사람에게 혼이 나거나 과도한 업무에도 우는소리 없이 꾹 참고 일을 하는 데 반해 남자는 바로 맥없이 풀려서는 선배나 동료 앞에서 울거나, 푸념을 들은 모친이 회사에 찾아와 뻔뻔스럽게 나서기도 한다.

"우수한 학생을 성적순으로 입사시키면 전원이 여자가 돼버려요. 그건 안 되니까 할 수 없이 남자를 섞고 있어요."

모 회사의 사장에게서 직접 들은 말이다. 당초 남녀고용기회균등법의 목적과는 정반대가 되었다.

2년에 한 번씩 모교에 가서 강연 비슷한 잡담을 하던 적이 있

다. 나는 문예학과를 다녔는데 당시에는 전체의 3분의 2가 남학생이었다. 모교에 첫 강연을 갔을 때는 남학생과 여학생의 비율이 완전 뒤바뀌어 있었다. 스무 살의 남학생들이 내게 흥미가 없는 것은 당연했을 터. '뭐야?'라는 얼굴로 나를 보고 있었다.

며칠 뒤, 강연에 참석한 학생들이 작성한 감상문을 학교로부터 받아 보니 내 이름을 착각하고 있는 게 몇 개나 보였고, 감상이 아닌 자신이 쓰고 싶은 문장을 적어 놓은 것도 있었다. 학생이란 원래 그런 것이니까 괜찮다고 생각했다.

모교에 세 번째 강연을 갔을 때는 이전보다 한층 더 여학생의 비율이 높아져 있었다. '뭐야?'라고 말하고 싶어 하는 얼굴의 남학생은 보이지 않았다. 단상에 서서 보니 여학생들은 남학생들과는 나를 바라보는 눈빛이 전혀 달랐다. 긴 시간을 살아왔기에 사람의 얼굴을 보면 어떤 기분으로 있는지 느낄 수 있다. 호의적인 여학생도 있지만 그중에는 '당신 무슨 이야기를 하는 거야? 납득할 수 없는 게 있으면 바로 지적할 거야'라고 말하는 듯한, 공격적인 광선을 눈에서 내뿜고 있는 여학생이 몇 명이나 있어서 아무리 뻔뻔한 신경의 나라도 흠칫 놀라고 말았다.

학생들에게 도움이 될지 안 될지 모르는 이야기를 하고서 모두의 얼굴을 살펴보니 공격적인 광선을 내뿜고 있던 여학생들도 웃어주어서 안심했지만, 남학생은 정말로 패기가 없고 여학생은 필요 이상으로 성격이 세다는 인상을 받았다. 며칠 후 도착한 그들의 감상문에는 하나같이 예의 있는 인사말이 덧붙여져 있었다.

"일부러 와주셔서 감사합니다."

아마 교수가 시켰을지도 모른다. 그중에는 감상도 있었다.

"지금껏 여러 작가의 강연에 갔지만 그중 작가님이 가장 성격이 밝았어요."

"아, 그래요."

나는 그렇게 중얼거릴 수밖에 없었다. 자신은 미래에 이렇게 되고 싶다는 의욕을 적어 놓은 여학생은 많았지만 남학생은 한 명밖에 없었다.

강연 후, 여자가 압도적으로 많이 모인 세미나실에서 차를 마셨다. 좌우간 남학생은 너무나 얌전했다. 반골정신이라고는 조금도 없이 행복한 가정에서 무럭무럭 자란 남자들뿐이었다. 복장도 세련되고 피어스를 하고 있었지만 이야기를 나눠보면 부드러운 말투의 착한 아이들뿐이었다. 만약 내가 엄마였다면 분명 어느 아이든 자랑스러운 아들이 되었음에는 틀림없었다.

교수들도 남학생들의 패기 없음이 걱정되는지 독려를 했다.

"너희들은 어리니까 좀 더 기운을 내야 해. 그렇지 않으면 앞으로 이 사회를 극복해나가지 못해."

"네."

남학생들은 쓴웃음을 지으며 순순히 고개를 끄덕였다. 그들은 교사나 여학생들의 이야기를 얌전히 듣고, 찻잔에 차가 얼마나 남았는지나 신경 쓰며 새로 차를 끓여 내왔다. 어찌됐건 사람들이 모인 장소에 잘 융화되어 모두가 사이좋게 막힘없이 일이 진행되도록 마음을 쓰고 있었다.

예전이었다면 10명 이상 모이면 반드시 그 안에 분쟁을 일으킬 만한 발언을 하는 남자가 있었지만, 지금의 대학생은 여하튼 자리를 어지럽히면 곤란하기 때문에 그런 인물은 아예 부르지 않는다. 트러블이 일어나더라도 유연하게 바로잡는 것이 아니라 트러블을 일으킬 만한 인물은 처음부터 배제시키는 것이다.

한편 여자들 중에는 학교 비품을 난폭하게 다루는 아이도 있다. 로커를 발로 걷어차 교사가 주의를 주었더니 도리어 분풀이로 교무실 문의 유리를 차서 깨부순 강한 놈도 있었다고 한다.

환경이나 편견 때문에 여자는 가만히 참고 있던 시대와 달리 갖고 싶은 것은 반드시 손에 넣으려는 여자로 변화되었다. 회사에서 맡은 일이 승진과는 별개여도 묵묵히 일을 했지만, 이제는 승진에 의욕을 불태우는 여자가 많아졌다.

그 결과, 여자 특유의 고약함이 드러나거나 눈물로 그 자리를 어물쩍 넘기려는 태도로 주위가 피해를 입는 일도 많아져서 단순하게 사람을 밀어내며 승진하던 남자보다 질이 나쁘다며 동료들이 한탄해한다.

아무리 여자가 사회에 진출하여 목표로 하는 지위에 도달했다 하더라도 오만해지거나 우월감이 강해지면 문제 많은 유형의 남자와 단지 성별만 바뀐 셈이 된다. 또한 권력 있는 남자에게 접근해 자신도 권력의 덕을 보기 위해 단물을 빨아먹으려는 것도 문제다. 지금의 여자 정치가를 봐도 누구 하나 멋지다고 생각되는 사람이 없는 것이 그 어려움을 나타내고 있지 않은가.

어떤 남자는 지금은 대학생인 아들이 초등학교 고학년이던 시절 자신에게 간곡히 부탁했다고 한다.

"여자가 있는 학교에는 절대로 가고 싶지 않아. 중학교부터는 남학교에 다니게 해줘."

남자의 경우 사춘기 시절인 중·고등학생 때 학교에 여자가 없다는 건 인생 최악의 암흑기가 아닐까. 여자가 아무리 못생겼다 해도 꺅꺅 시끄럽다 해도 없는 것보다는 낫지 않았을까. 사춘기인데도 멀리하고 싶을 정도로 여자를 난감해하다니.

'세 발짝 물러나서 남자의 말을 들어라'는 요구를 여자에게 하지는 않았을 테고, 여자라는 존재가 경이적으로 변화된 것이겠지. 너무 드센 여자에게 한마디 말하면 도리어 백만 배로 돌아와 당하는데다 평균적으로 성적이 좋은 여자아이가 많아지면 남자는 설 곳이 없다. 여자에게 반기를 들 만한 기상이 없으니 트러블을 피하기 위해서는 상대에게서 멀어지는 수밖에 없는 것이다.

존재감이 약한 남자보다 드센 여자의 미래가 더 걱정된다. 완벽한 자신, 목표를 향해 노력하는 자신을 지나치게 요구하기에 모든 일에 있어 마음의 여유가 없다. 그만큼 우수하고 스스로에게 자신이 있기 때문에 이거다 하고 정하면 제어 장치 없이 일직선으로 냅다 달려나가지만 갑자기 뚝 부러지면 어떻게 될까.

아무리 여자가 주목을 받고 있어도 뒤에는 반드시 힘을 가진 남자들이 있다. 그중에는 자신에게 이득이 되도록 계략을 꾸미는 나쁜 무리도 있어서 '나는 할 수 있어, 해야만 해'라는 자신만만함으로 주변을 보려고 하지 않는 여자들이 남자 손바닥 위에서 농락당하는 일도 많다.

세상의 벽 때문에 손해를 봤다고 생각하는 연배의 여자들은 대량의 정보에 농락당하는 지금의 여자보다는 정신적으로 자신을 밀어붙이거나 공연한 의무감을 짊어지지는 않았다. 패기 없는 남자도 걱정이지만 기가 세고 지나치게 완벽을 추구하는 여자들이 앞으로 정신적인 강력한 앙갚음을 당하지는 않을지 걱정된다.

어린 여자와 결혼하는 아저씨

젊은 여자와 결혼하면 노년이 안심된다?

최근에 아주 어린 연하의 여자와 결혼하는 아저씨가 많다. 예전에는 띠동갑과 결혼한다고 하면 큰 난리가 났는데, 요즘에는 딸뻘 손녀뻘까지 내려갔다. 아무리 남자가 그런 마음이라도 상대가 응해주지 않으면 연애도 결혼도 이뤄지지 않는다. 어린 여자와 서로 알게 되는 것은 분명 태어날 때부터 그런 인연을 가지고 나오는 것이라 믿고 있다. 생각해보면 누가 어떤 사람과 결혼을 하든 상관없지만, 화제가 된다는 것은 역시 많은 사람들이 평범하게 생각하지 않기 때문이다.

대부분의 남자는 조금이라도 나이가 어린 여자 쪽을 좋아하기 마련이라, 마음에 드는 어린 여자가 나타나면 눈을 못 떼는 게 당연하다. 하지만 그 후가 문제다. 나는 남자가 아니라서 잘은 모르겠으나, 돌싱인 오십 대 후반부터 그 이상인 남자들을 떠올려 보면 자신의 취향인 어린 여자가 눈앞에 지나가면 역시나 좋아한다. 당연한 현상이다. 그러나 애인으로 삼고 싶어 하거나 결혼을 하고 싶어 하는 것은 별개다. 머리숱이 적고, 살이 쪄서 배가 볼록하니 나와 체형이 완전히 붕괴되고, 여기저기서 냄새도

난다. 수입 또한 앞으로 어떻게 될지 모르는 등 결점이 산처럼 쏟아져 나온다. 재혼하고 싶은 마음은 간절하지만 너무 어린 여자들은 상대해주지 않을 거고, 그렇다고 나이가 있는 상대를 만나자니 자신보다 먼저 가는 것도 곤란하고, 상대가 응해준다면 어리면 어릴수록 더 기쁜 것이 본심일 테다.

이전에 텔레비전에서 중·노년의 집단 맞선 특집 방송을 본 적이 있다. 사십 대 후반부터 위로는 칠십 대 이상의 사람들이 참가했는데 그중 너글너글 인품 좋은 칠십 대의 여자가 있었다. 젊은 시절 남편과 사별하고 몇십 년간 혼자 생활해오다, 남편에 대한 마음이 정리가 되어 이제는 새로운 사람을 만나 함께 살고 싶다고 했다. 그녀의 눈에 든 사람은 비슷한 연배의 남자들 중에서도 아주 세련된 그녀보다 두 살 위의 남자 참가자였다.

그런데 그녀가 마음먹고 말을 걸어도 남자는 상대하고 싶은 마음이 없다는 걸 노골적으로 표현하며 거의 무시하고 있었다. 그는 참가자 중에서 가장 어린 세대인 사십 대 후반의 여자들 곁에 앉아 적극적으로 말을 걸고 있었다. 무시당하던 칠십 대 여자는 그의 모습을 한구석에서 물끄러미 보고 있었다. 현실을 통감한 순간이었다. 남자의 연령이 올라가는 만큼 자신과 비슷한 연령의 여자에게는 눈길이 가지 않고, 연하만을 노리는 것이다.

딸뻘 되는 연령의 여자와 결혼한 한 예능인은 고독사가 무섭다고 말했다. 나는 동거도 결혼도 경험이 없기 때문에 혼자 생활한 지 30년이 흐르고 나니 방 안에 혼자 있어도 (엄밀하게는 고양이 한 마리와 동거하고 있지만) 그러려니 하고 생각한다. 독신생활이니 고독사는 당연하다고 젊은 시절부터 생각해온 터라 아무런 느낌이 없지만, 가족과 함께 생활한 경험이 있으면 집 안에 혼자 있는 것을 참을 수 없게 되는 것일까.

이해할 수는 있지만 그 마음이 곧바로 딸뻘의 아내를 찾는 일로 이어지는 것은 이해되지 않는다. 여자들 중에 아들이나 손자뻘 정도 되는 연하남과 결혼한 사람도 있지만 그녀들이 연하남과 결혼한 이유는 단지 나이를 먹었을 때 자신의 신변을 돌봐주기를 바라기 때문이 아닐 것이다. 바로 얼마 전에도 한 여자 뮤지션이 동종 업계에 종사하는 열아홉 살 연하의 남자와 결혼했다. 특출한 재능이 있는 여자이기에 가능한 일일지 모르지만 젊은 남자는 아저씨들만큼 여자의 연령에 집착하지 않는다.

삼십 대, 사십 대 또는 그보다 젊은 남자와 이야기를 나누어 보면 확실히 생활을 함께 하는 여자에 대한 사고방식이 나와 동년배 혹은 그 이상의 아저씨들과는 다르다. 그들은 집안일을 돕고 육아에도 협력한다. 아내에게 만에 하나 일이 생기더라도 자신이 몸을 움직이는 것에 익숙하고 저항도 없기 때문에 나름대로 적절히 대응할 수 있다.

드물게 아저씨 중에서도 병약한 아내를 헌신적으로 간병하는 이도 있지만, 대부분은 어렸을 때부터 전업주부인 엄마의 보살핌을 받고 성장했기 때문에 여자에게 받아야 한다는 의식밖에 없다. 어머니나 아내인 여자를 보살피려는 마음의 준비가 결여되어 있는 것이다. 아저씨들은 입으로는 여자의 사회 진출이나 아내의 행동을 이해하는 듯이 말하지만 속마음은 정반대인 경우가 많기 때문에 방심할 수 없다. 자신은 받고 싶어 하면서 해주는 것은 귀찮고 싫은 것이다.

젊은 여자와 재혼했으니 이제 자신의 노년은 안심이라고 말하던 예능인 남자는 안타깝게도 어린 아내를 먼저 보냈다. 아저씨의 뜻대로 되지 않는 게 인생이다.

여자들 중에도 남자의 성품이 아닌 직업이나 수입, 재산 등 조건으로 가득 찬 결혼을 바라는 유형이 있다. 마찬가지로 순수하게 좋아한다든가 함께 인생을 걸고 싶어서가 아니라 자신을 보살펴줄 간호 담당으로, 이왕이면 아줌마보다는 보기 좋은 어린 쪽이 낫다고 하는 아저씨의 속셈 있는 결혼은 좀 거북스럽다.

부모만큼이나 나이 차가 나는 남자와 결혼을 결심한 어린 아내는 보통 실제 나이보다 꽤 차분해 보인다. 같은 나이라도 훨씬 아이 같은 여자가 있는 데 반해, 까불대는 느낌이 없다. 그런 여자가 아니라면 아버지나 할아버지 정도의 나이 차가 나는 남자와 결혼할 생각은 하지 않을 것이다.

내 주위에도 나이 차가 꽤 나는 결혼을 가까이서 보거나 경험한 사람들이 있다. P씨의 아버지와 어머니는 22살 차이다. 어머니는 건재하지만 아버지는 2년 전쯤, 구십 대 중반에 생을 마쳤다.

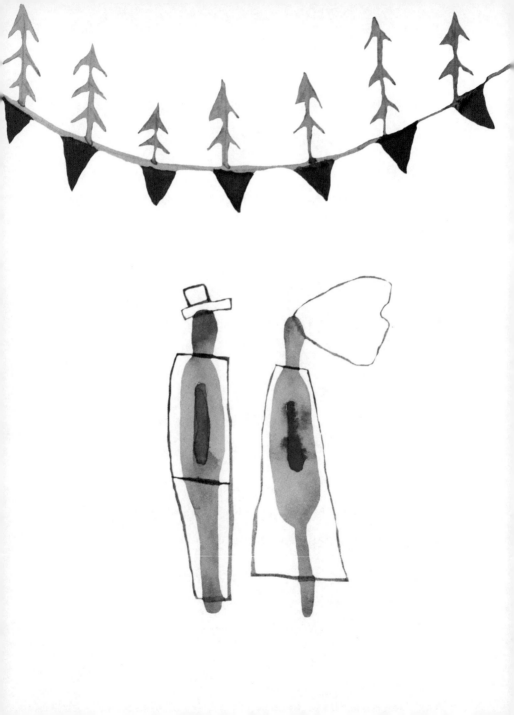

"나이 차가 많이 나는 부부는 나이를 먹어갈수록 좋은 관계를 유지하는 일이 어려워져요. 우리 집의 경우가 그랬지만."

그녀의 부모는 나이 차가 많아도 별문제가 없었는데, 주위에서도 그러고 아버지 스스로도 노인이라고 인식하기 시작하면서부터 어머니와 관계가 틀어졌다.

"칠십을 넘기면서부터 아버지는 몸이 약해져서 전처럼 부부가 함께 외출하는 걸 귀찮아하셨어요. 하지만 엄마는 오십 대인지라 기운이 있으니까 여기저기 나가고 싶어 했죠. 어린 나이에 결혼한 데다 일을 한 경험도 없으니까 자식 크고 나면 자신의 즐거움을 찾아 남은 인생을 보내려는 마음이 당연하다고 생각해요. 하지만 아버지가 따라가지 못하게 돼버리면서 늘 싸우게 되었죠."

아내는 여행도 가고 싶고 전람회나 영화도 보면서 매일을 즐겁게 보내고 싶어 하는데, 남편은 기운이 떨어져 외출을 거부하게 되면서 아내가 나가려고 하면 싫은 소리를 한 것이다.

"그것도 심하다고 생각하죠. '당신만 즐기려고!' 이런 식으로 곡해하니까요. 어머니의 기분이 충분히 이해되니까 아버지와 온

종일 집에만 있으라고 말할 수도 없고. 정말로 곤란했어요."

마지못해 아내는 한동안 남편과 집에 있었지만 지병이 있는 것도 아닌데 매사 부정적인 말만 반복하는 남편이 진절머리 났다.

"내 몸 하나 마음대로 움직이지 못하다니! 이제 더는 못해. 이대로 계속될 바에는 차라리 죽는 게 나아. 당신이 무슨 말을 하든 상관없어. 나도 젊지 않아. 앞으로 하고 싶은 대로 할 거야."

결국 아내는 푸념만 늘어놓는 암울한 남편을 집에 남겨두고 혼자서 여행을 가거나 전람회나 영화를 보러 다녔다.

"내 밥은 어쩌고?"

입만 열면 밥 타령밖에 하지 않는 남편 때문에 아내는 여행 전에는 집을 비우는 날 만큼의 요리를 냉동해놓고 전자레인지로 데워 먹을 수 있게 해두었다. 그렇게 해도 아내가 나갈 때마다 남편은 어김없이 등 뒤에서 싫은 소리를 해댔다.

"나 혼자 놔두고 당신은 잘도 돌아다니네. 결국 당신은 그런 여자였어. 지금껏 먹여줬더니!"

아내는 남편의 말을 무시하고 외출해버렸다.

"최후에는 비참했죠. 서로 간에 대화가 전혀 없었어요. 병이 있었던 것도 아니고 기력이 떨어진 것뿐이니까 얼마든지 아직 즐길 거리가 많은데도 아버지는 스스로 아무것도 안 하려고 했어요. 완고한 옛날 아저씨였으니 아내는 자기가 시키는 대로 뭐든 해야 하는 존재라고 믿고 있었죠. 세월이 흐르면 환경도 관계도 변해가는 법인데 그에 맞춰가지를 못했던 거죠. 뜻대로 되지 않으니 끝내는 토라져서 늘 불평만 해댔죠. 그런 남편과 집안에서 매일 얼굴을 마주하는 것이 어머니에게는 극심한 스트레스였고요. 어머니에게는 새로 만난 친구들과의 대화가 훨씬 자극 있고 즐거운 일임은 말할 것도 없죠."

아내가 너무나 즐겁게 외출을 하니까 남편은 '남자가 있는 게 틀림없다'며 이상한 망상까지 하게 되었고 결국 두 사람의 관계는 남편이 죽을 때까지 개선되지 못했다.

아내가 연하든 아니든 상대의 삶의 방식을 존중하면 관계가 틀어지지는 않는다. 다만 아저씨들은 그런 생각이 좀 부족하다.

또 한 명의 지인 Q씨는 엄청난 연상의 남자와 함께 생활한다.

두 사람을 보고 있으면 나이 차가 별로 느껴지지 않는다. 오히려 남자 쪽이 훨씬 마음이 젊고, 그녀를 진정 존중하며 집안일도 마다치 않는다. 옛날 사고 그대로인 아저씨와 전혀 다른 유형이다.

"우리 집은 돈이 없어진 순간 싸움이 나요."

말을 이렇게 하지만, 돈이 없어지고 사이가 좋아지는 가정은 아주 드물기 때문에 그것은 지극히 평범한 일이다. 처음 인사 나눌 때 봤던 그는 어린 남자에게는 없는 지성이며 교양에다 세련미 있고 차분하니 멋있는 연상의 남자였다. 그러나 그로부터 3년 가까이 지난 지금 Q씨는 한탄을 한다.

"평범한 늙은이가 돼버렸어요."

나이를 먹은 탓인지, 그는 끊임없이 "춥다"는 소리를 연발하게 되었다. 세련된 사람이라 옷을 껴입는 것을 싫어해서 지금껏 내의를 입은 적이 없는데, 추위에 떨고 있는 그가 가여워 그녀는 유니클로의 히트텍을 사다주었다. 그는 히트텍을 입더니 따뜻하다며 너무나 기뻐했다.

"그 검은 바지를 입고 있는 하반신은, 근육 따윈 없고 가늘어서 마치 비쩍 마른 맨몸에 검정 레깅스를 입고 다니는 개그맨 에가시라 2:50을 보는 것 같았어요. 히트텍이 뭔지도 몰라서 옷이 얇으니까 여러 벌 입는 게 따뜻하다며 한 번에 세 장을 겹쳐 입어서 갈아입을 여분이 없어요."

그녀는 한숨을 쉬었다. 왕년의 차분하고 멋진 미남이 지금은……. 하지만 그런 것이다. 더러움을 모르는 미소녀도 나이를 먹으면 마귀할멈이 된다. 외관이야 어떻든 푸념, 불평, 불쾌한 언행이 난무하는 부부 관계보다는 낫다. 그저 나이를 먹은 남편을 조금 우스워하는 것이 훨씬 사랑스러운 부부 관계이지 않을까.

타인이 어떤 사람과 결혼을 하든 옆에서 이러쿵저러쿵 운운할 입장은 아니다. 하지만 딸뻘 손녀뻘 여자와 결혼하고 싶어 하는 남자들은 여자에 대해 보다 성숙한 생각의 깊이나 배려가 없다면 노년에 보살핌을 받는 일은 어려울 것이다.

과거에 노년을 함께 보내고 싶지 않다며 오랜 시간 함께 한 아내와 이혼한 예능인들이 어린 여자를 아내로 맞이하여 안심할 수 있는 노년을 맞이할 수 있을지 궁금해서 견딜 수가 없다.

꿈속 결혼

아, 어째서 그가 내 남편이 되었을까?

인간은 왜 결혼을 하고 싶어 하는지 아직도 모르겠다. 부부가 되고 자손을 남기는 것이 자연스러운 흐름이건만, 나의 이런 사고방식은 편협의 끝이겠지. 나의 지인들 중에는 기혼자도 많고 그들의 가족을 만난 일도 있다. 그중에서 '참 멋지다'는 생각이 드는 가족은 손에 꼽을 정도이고 대부분 불쌍하게 느껴졌다.

'모두 힘들게 사는구나.'

한 가족은 남편과 아내가 지적 수준이 높은 일에 종사하고 둘 다 사교적이며 인상이 좋은 편인데 아이들의 표정은 아주 어둡고 침울했다. 또 다른 가족은, 남편과 아내 중 한쪽은 느낌이 참 좋지만 배우자의 성격에 문제가 있는 경우도 있었다.

독신 생활을 하는 입장에서 가정이라는 건 남녀, 인간, 생물로서의 완결형이라는 생각을 했는데 그렇지도 않은 모양이다.

몇 년 전, 내가 사는 맨션에 케이블TV가 나오던 시절(무슨 이유인지 집주인의 사정으로 지역 디지털화 직전에 계약이 해지되었다), CS로 한국의 버라이어티 방송을 보고 있는데 한국 남자 연예인 몇 명이 캠프를 하는 장면이 나왔다. 밤이 되어 텐트 안에서 잠을 자는데 그들 중 가족이 있는 사람들이 이야기를 나눴다.

"아내와 아이들은 지금 뭘 하고 있을까."

그중 유일한 독신 남자가 한탄을 했다.

"아, 나는 언제쯤 그런 말을 할 수 있을까. 사람으로 태어나서 자손도 못 남기고 죽는 걸까."

그 모습을 보고 나는 놀랐다. 병역의 의무가 있는 한국이라는 나라 사정이 있으니 '남자로서'라는 사고방식이 일본보다 강할지도 모른다. '아이는 갖고 싶다'고 말하는 일본인 독신 남자들은 있었지만, 그처럼 '사람으로서' 같은 말을 하는 이들은 없었다.

아무리 좋아하는 여자와 결혼했다 해도 사랑스러운 아이가 태어났다 해도 어떠한 트러블도 없는 가정은 존재하지 않는다. 아내는 남편의 예속물이 아니고 아이도 자신이 마음대로 할 수 있는 존재가 아니다. 아이를 키우면서 인간적으로 성장한다는 사람도 있다. 아이의 시점에서 새롭게 사물을 볼 수 있기 때문에 감성이 닦인다는 사람도 있다. 하지만 아이를 키우든 키우지 않든 그 사람 개인의 자질에 의한 것이라고 생각한다. 그렇지 않으면 부모가 앞장서서 아무렇지 않게 끼어들거나 사회적 규칙을 어기거나 시끄럽게 떠드는 자녀를 혼내지 않는 부모들이 설명이 안 된다. 정신 못 차리는 놈은 결혼을 해도 아이를 낳아도 멍하니 있을 뿐이라는 말이다.

나는 함께 동거 중인 사람이 없는 편안한 독신 생활로, 뭐 고양이에게 언제나 불평을 듣고 있지만 이것은 어떻게든 대처할 수 있다. 하지만 고양이도 노령이라 무조건 화를 낼 수도 없는 노릇이다.

"그렇게 화내지 마, 무섭게."

그렇게 말하면서 안아주면 갸악갸악 하고 울다가도 금세 기분이 좋아져서는 "그르릉, 그르릉" 기쁜 듯 소리를 내다 이내 잠들어버린다. 하지만 인간은 그렇게는 안 된다.

남편에게 잘못이 있어 아내가 화가 났다고 하자.

"그렇게 화내지 마, 무섭게."

이렇게 말하며 아내를 안았다고 해도, 그것으로 아내가 금방 화를 푸는 것은 고작 신혼 3년뿐.

"장난치지 마."

그 이후로는 목덜미를 잡혀 공격당하는 것으로 끝이 난다. 관계 회복을 위해서는 그때마다 새로운 비위 맞추기를 생각해야 한다. 처음에는 이런저런 온갖 방법을 동원하여 작전을 짜지만 그사이 남편도 귀찮아져서 방치하게 된다. 그러면 아내도 남편의 태도에 대한 점점 불만이 커져 마침내 폭발하는 것이 사십 대라는 것을, 내 주위의 부부들을 관찰한 결과다.

애써 인연이 되어 결혼을 했고 아이도 있으니 조금만 더 사이좋게 지내면 좋으련만 남편을 쳐다보는 아내의 눈이 무섭다.

"아내가 가장 곤란할 때 전혀 도움이 되지 않아요."

"그렇게 큰일도 아닌데 조금 도와준 것만으로 자신은 남편으로서 훌륭하다며 혼자 흡족해하고 있다니까요."

"아이와 남편이 동시에 감기에 걸려 고열이 나면 아이가 먼저인 게 당연한데도, 남편은 아이는 뒷전이고 자신을 빨리 병원에 데려다 달라고 졸라댔죠."

"남편과는 노년을 함께 보낼 생각이 없어요. 그 사람이 TV를 보다가 시골 풍경이 나오니 '노년에는 저런 데서 부부가 조용히 사는 것도 괜찮겠다'고 하더라고요. 내가 매일 불쾌한 기분을 드러내는데도 전혀 이해하지 못하는 걸 보니 점점 더 싫어졌어요."

아내의 공격은 끊임없이 계속되었다. 남편은 아내가 자신을 이런 식으로 생각하리라고는 상상도 못할 것이다.

"좋은 점도 있지 않나요? 가끔씩 서로 감정의 엇갈림이 쌓인 경우도 있으니까."

그녀는 딱 잘라 말했다.

"아이에게는 좋은 아빠일지 모르지만 내게는 전혀 필요 없는 남자예요."

"아, 그래요."

어지간한 나도 그 이상은 아무 말도 하지 않았다.

나는 남자와 관계되는 일이 너무나 귀찮고, 가족이든 같은 여자이든 다른 사람과 함께 생활할 수 없는 성격이라 결혼으로는 향하지 않았다. 이런 유형의 여자는 자칫 잘못하여 결혼을 했다간 상대 남자에게 민폐를 끼치기 때문에 사회 구석에서 가만히 살아가는 것이 본인을 위해서도 세상을 위해서도 가장 좋다.

　그런 내가 딱 한 번, 결혼한 기분을 맛본 적이 있다. 어느 날 꿈을 꾸었는데 내가 격투기 선수와 결혼을 한 것이다. 꿈은 신혼여행 장면부터 시작되었다. 장소는 야마가타의 산사. 예전에 동성 친구들과 딱 한 번 가본 곳이다. 천 계단 이상의 돌층계가 있는데, 오르막은 그렇다 쳐도 내리막에서는 무릎이 후들후들할 정도로 힘이 빠진다. 너무나도 힘들어 산 중턱에서 '차라리 여기서부터는 굴러서 내려갈까' 생각했을 정도다.

　그 힘들었던 산사의 돌계단 앞에서 나와 남편이 된 남자가 싱글벙글 웃으며 이야기를 나누고 있다. 놀랐던 것은 나는 평소 그를 싫어하지는 않았지만 딱히 좋은 감정을 가지고 있는 것도 아니었는데 꿈에 나온 것이다.

　'어, 내 남편이 됐구나.'

　꿈속 우리의 모습을 보고 있던 나도 당황했다. 어떤 사람의 팬이 되어 매우 정열적으로 좋아한 나머지 꿈에 나오는 경우는 있을지 몰라도 내 경우에는 정말로 뜬금없이 그가 나왔다. 스포츠

방송을 좋아해서 격투기 방송도 꼭 챙겨보는 편이고, 그의 시합을 종종 보기는 했지만 내게 그는 단지 격투기 선수 중 한 명일 뿐이었다. 그런데 대체 왜 내 꿈에 남편으로 나왔을까. 정말로 이상하기 짝이 없었다. 원래 나는 마초계의 남자는 정말로 어려워해서 격투기 시합을 보면서도 '저 근육 대단하네' 감탄은 하지만 '멋지다'로 이어지지는 않았다.

신혼여행인데 그는 작업복을 입고 있었다. 그 복장은 3일 전에 근처 가전 매장에서 나온 냉장고 설치 기사의 모습과 똑같았다. 요 몇 년간 내 집에 들어온 남자는 그밖에 없었고, 격투기 선수는 대개 상반신을 노출한 채 방송에 나오기에 아마도 뇌 속에 꿈을 담당하는 부분이 지시를 내렸을 것이다.

'음, 신혼여행에 남편을 상반신 누드로 보낼 수야 없지. 근데 이 여자의 머릿속에는 남자의 정보가 너무 적어. 할 수 없지. 최근 기억에 남아 있는 남자의 모습으로 해두면 될 거야.'

여하튼 그 작업복을 입은 남편과는 특별히 대화는 없었지만 그는 시종 생글생글 웃으며 아주 부드러웠다는 것을, 아내인 나는 잘 알 수 있었다. 특별히 나를 도와준 것도 아닌데 꿈속의 나는 행복을 느끼고 있었다.

'어째서 그가 남편이었을까.'

영화처럼 그 모습들을 가만히 보고 있던 나는 줄곧 생각했다.

그리고 이어진 다음 장면은 산사의 방대한 계단을 내려간 후의 모습으로 바뀌었다. 과거에 돌층계를 내려오며 정말 힘들었던 기억을 떠올리는 걸 뇌가 거부했음이 틀림없다. 도중에 그가 나를 안고 내려왔는지, 손을 잡아주었는지는 명확하지 않지만 아무튼 우리 부부는 올라갈 때와 마찬가지로 싱글벙글 행복으로 가득했다.

'하아.'

그 모습을 보고 있는 나는 그저 감탄할 뿐이었다. 그 이상 어떠한 전개도 없이 그렇게 꿈은 끝이 났다.

'정말로 경험 부족이라 소재로 쓸 게 아무것도 없어.'

아마 뇌도 어이없어 했을 것이다. 눈을 뜬 나는 왜 팬도 아닌 내가 그의 아내가 되었는지 그것이 의문이었다. 예능인도 있고 가수든 탤런트든 얼마든지 있었을 텐데 어째서 하필 그였을까. 고개를 갸웃거리며 그 후로 격투기 방송에 그가 나오면 여전히 팬이 아님에도 신경이 쓰였다.

그런데 꽤 강했던 그는 내 꿈에 나온 이후로 점점 경기에서 패하기 시작했다. 분명 그전까지 강했었는데 경기에서 패하는 횟수가 갈수록 많아졌기에 굉장히 걱정되었다.

'혹시 나 때문인가?'

그 어떤 접점도 없는데 그가 남편으로 꿈에 나왔다는 것은, 얼굴도 모르는 아줌마인 내가 그의 꿈에 나왔을 가능성도 있다. 연습으로 지쳐 휴식을 취하려고 하는데 누군지도 모르는 통통하고 몸집 작은 아줌마가 웃으며 몇 번이고 꿈에 나온다. 게다가 아무래도 자신과 결혼한 사이인 듯, 자신은 돌층계를 올라가고 있다. 내려오는 길에는 자신도 피곤한 상태인데 아줌마는 "당신은 팔팔하잖아"라며 보채는 할아버지처럼 업힌다.

그런 꿈을 꾸면 편안히 잠을 잘 수 없다. 몇 번이나 잠이 깨고, 안간힘을 다해 눈을 감지만 또다시 같은 꿈을 꾼다. 그것도 매일

말이다.

"하아, 그 아줌마가 또 나왔어."

마치 시끄러운 모기를 쫓아내듯 꿈을 지우려고 해도 아줌마는 끈질기게 나온다.

'아악, 만약 정말로 그런 거면 어떡하지?'

나는 머리를 감싸 쥐었다. 그는 그 뒤로도 계속해서 경기에서 졌고, 결국 은퇴하고 말았다. 꿈속이지만 신혼 기분을 맛본 나는 아주 행복했다. 하지만 확실히 남자를 불행하게 만드는 여자 같았다. 나는 다운되어 있는 '남편'의 모습을 보면서 중얼거렸다.

"미안해요, 무사시."

남자의 체면

남이 하는 건 나도 해야 한다?

이십 대부터 삼십 대 초반의 남자들에게 설문조사를 했더니 결혼을 주저하는 이유로 '자유가 없어진다', '자유롭게 사용할 수 있는 돈이 없어진다', '여러 책임이 무겁다'는 결과가 나왔다는 텔레비전 보도를 접했다. 텔레비전은 우리네 형편이 좋은 것처럼 이야기를 만들어내기에 전부 믿을 수는 없지만, 길거리에서 마이크에 대고 결혼 질문에 답하는 어린 남자들도 비슷한 소리를 하고 있었다. 적극적으로 결혼하고 싶다는 사람은 매우 적었다.

내가 어렸을 적에는 젊은 사람은 돈이 없는 게 당연했기 때문에 결혼을 하면 생활이 이루어질 수 있을지를 고민하는 남녀에게 연장자가 격려를 하며 결혼을 시켰다.

"혼자 사는 것보다 둘이 사는 게 돈이 덜 든다."

주위의 젊은 부부를 보더라도 살림이 넉넉지는 않아도 결혼하면 그런대로 생활해 나간다. 혼자일 때보다 가난해진 부부는 없다. 금전적인 문제도 있지만 분명 어른들은 부부가 서로 협력함으로써 마음이 평안해지고, 인간으로서 남녀가 한 쌍이 되어 번식을 통해 가정을 이루는 것이 기쁨임을 말하고 싶었던 것이다.

남동생도 쉰을 넘긴 독신으로 살고 있다. 그는 실외나 실내에 관계없이 취미가 많아서, 결혼하면 모든 것에 속박될 게 뻔하다며 결혼하지 않을 것이라 했다. 알 수 없는 이유도 늘어놓았다.

"여자라는 인간은 짐이 많으니까."

"책임 회피는 안 돼. 남자는 책임을 짊어져야 어른인 거야."

어머니는 자신도 이혼해놓고서는 남동생에게 설교를 해댔지만 그는 어머니의 말에 귀 기울이지 않았다. 여자에게 인기를 끌 만한 타입도 아니라서 이대로 일생을 끝낼 것이다.

그래도 딱히 문제는 없다. 집안일은 나보다도 잘하고, 그렇지 않다고 하더라도 밖에 나가면 싼값에 얼마든지 식사할 수 있다. 남자로서의 책임이라느니, 가정을 짊어져야 한다느니 하는 말도 옛날에야 젊은 남자들을 분발시키려는 의미가 있었지, 지금은 전혀 개의치 않는 느낌이다.

"뭐예요, 그게. 나는 별로 상관없어요."

촉탁 업무를 하고 있는 서른여덟 살의 지인 여자는 다섯 살 연상의 남자와, 둘 다 초혼으로 결혼해 머지않아 임신을 했다. 결혼한 것은 좋았지만 문제가 있는지 그녀는 고개를 갸웃거렸다.

"무슨 영문인지, 돈이 마구 나가요."

결혼 전에 그녀는 모친과 함께 살며 가장 역할을 했지만 충분히 잘 생활했었다.

"엄마랑 함께 살 때와 비교해도 부부의 수입을 합치면 이전보다 늘었고, 집세도 그전과 비슷하고, 남편에게 많은 용돈이 필요한 것도 아닌데 어째서 돈이 없어지는지이상해서 견딜 수가 없어요. 가전제품은 쓰던 걸 가지고 왔고, 새로 산 것도 축의금으로 마련했고요. 그런데 왜 이렇게 갈수록 돈이 줄어드는 걸까요? 아이가 태어난 후에도 생활해나갈 수 있을지 정말로 걱정이에요."

예금 잔고가 자꾸 줄어드는 이유를 알 수 없어 처음으로 가계부를 적어 봤더니 매월 자잘한 지출이 너무 많아 머리를 싸매고 말았다. 그렇게 가계에 대한 불안을 안은 채, 아이가 태어났다.

그즈음 남편이 회사에서 ○○는 집을, ××는 맨션을 샀다는 이야기를 듣고 와서는 뜬금없는 말을 했다.

"우리 집 사자."

그녀는 내 집 마련에 흥미가 없었고, 임대로 사는 편이 집을 관리하기도 이사가기도 편하다고 생각했는데 남편은 무조건 집을 사자고 졸라대며 양보하지 않았다. 그녀 입장에서는 당장의 생활비도 큰일이고 곧 있으면 아이 교육비도 들기 시작할 텐데 집 대출 따위 말도 안 된다며 반대했지만, 저항한 보람도 없이 남편의 의견에 끌려 마지못해 집을 구입하는 상황에 이르게 되었다.

"결국 남자의 체면인 거죠. 남이 집을 사면 그것으로 그만인 거지 '나도'라니. 그건 여자가 어떤 사람의 가방을 보고 나도 갖고 싶다고 하는 거랑 같잖아요. 가방이야 비싸봤자 거기서 거기지만, 집 대출은 어마어마하잖아요. 대체 무슨 생각인 건지."

"부인의 반대를 무릅쓰면서까지 대출을 안고 가겠다고 정했으니 열심히 일하는 수밖에 없네요."

그녀의 푸념에 이렇게밖에 답할 수 없었다. 의협심을 지니고 있는 남자가 멋지긴 하지만 남자의 체면을 운운하게 되면 고개가 갸웃거려진다. 그러나 그는 아이가 태어나면서 앞으로 남편과 아빠로서 책임을 짊어지고 가겠다며 기합을 넣었을 것이다.

출산으로 컨디션이 좋지 않았던 그녀는 집을 구입하는 일을 남편에게 아예 맡겨버리다시피 했다. 예산에 맞는 신축 건물을 찾아 이사한 것까진 좋았지만 1년 후 다시 만난 그녀는 또다시 화를 내고 있었다. 바람이 강한 날은 근처 당근밭에서 흙이 회오리쳐 올라와 실내 바닥이 흙투성이다, 여름에는 더워서 온종일 에어컨을 틀지 않으면 방에 있을 수가 없다, 겨울에는 외풍이 심해서 너무 춥고 좁은 부지의 목조 삼층집이라 집이 세로로 길기 때문에 냉난방 효율도 몹시 나쁘다, 청소기를 안고 계단을 몇 번이나 왕복해야 해서 청소하기도 귀찮다, 삼층에만 있는 베란다에는 차양이 없어서 맑은 날이 아니면 빨래가 마르지 않는다 등등.

차양이 없는 것은 결함이 아니냐고 묻고 싶었지만 업자가 그만큼 경비를 줄여 판매가격을 낮춘 것 같았다. 그녀가 차양이 없는 이유를 묻자 업자는 이렇게 말했다고 한다.

"필요하면 추가로 돈을 지불하세요."

돈을 더 내야 된다는 말에 울며 단념했다고 한다. 에어컨을 하루 종일 틀어놓는 것도 시내의 아파트라면 모를까 밭도 있는 교

외의 주택인데 그게 있을 수 있는 일인지 자세히 들어보니 집이 서향이라 바람이 통하지 않았다. 여름철 계속되는 무더위에는 정말 힘들겠다며 위로했지만, 동시에 나는 소박한 의문이 들었다.

'왜 그런 집을 샀을까.'

집은 살아보지 않으면 알 수 없다. 하지만 베란다에 차양이 없고 서향인 것은 보면 바로 알 수 있다. 또한 그 집은 역에서 도보로 20분 거리라 특별히 질에 비해 값싼 건물은 아니다. 어차피 대출로 사는 것이라면 더 좋은 조건의 집이 많지 않았을까 생각한다. 그녀의 남편은 나름대로 모든 조건을 고려하여 결정했겠지만 집에서 가장 많은 시간을 보내는 것은 아내이기 때문에 여기저기서 불만이 나온다. 그 부분에서 부부의 의견이 잘 좁혀지지 않았던 것 같다. 그녀가 불평을 해도 남편은 귀를 기울이려 하지 않았다. 그로서는 신축 건물을 샀다는 사실에 매우 만족했기 때문에 아내의 푸념은 듣고 싶지 않았던 것이다.

지금 그녀의 머릿속에는 어떻게 해야 대출을 빨리 갚을 수 있을까 하는 생각밖에 없다.

"35년 장기 대출을 받았기 때문에 내가 일흔넷, 남편이 일흔아홉까지 내야 해요."

남의 일이었지만 한숨이 나왔다. 부부가 서로 동의하여 산 것이라면 몰라도, 신축 건물에서 생활한 직후부터 불만투성이의 문제가 있는 집이 일생에 걸쳐 대출을 지불할 가치가 있을까.

"대출은 족쇄예요. 이것만 없으면 얼마나 편할까 하고 은행 통장을 쳐다볼 때마다 맥이 풀려요."

집을 사는 일은 부부에게 있어 응당 기쁜 일이건만, 아내에게는 고통이라는 게 문제다.

"우리는 둘 다 늦은 나이에 결혼했기 때문에 정년 후에도 학비와 대출에 눌려 살 거예요. 그걸 알고나 있느냐며 얼마 전에도 싸웠죠. 그런데도 남편은 언제나 '어떻게든 될 거야' 그런 소리나 되풀이하고 있고. 어찌나 화가 나는지 '어떻게든 안 돼는 것이 인생'이라고 말해버렸어요. 정말이지 계획성이 너무 없어요."

남편은 한잔 걸치고 집에 오면 기뻐서 어쩔 줄 몰라 했다.

"남들은 신축 건물 잘 샀다고 얼마나 칭찬을 해댄다고."

116

그녀가 적당히 대답을 해주면 기분이 날아갈 듯이 기뻐하면서 함께 마신 사람은 중고 건물을 샀다며, 그들이 구입한 건물 조건의 단점을 일일이 왈가왈부하면서 흡족해했다.

'우리 집이야말로 베란다에 차양도 없고, 흙투성이에다가 외풍도 심하지, 서향이라 여름에는 엄청나게 덥지. 차라리 제대로 차양도 있고 남향인 중고 건물이 훨씬 살기 편했을걸.'

그녀는 마음속으로 불평을 늘어놓으며 건성으로 들었다. 일본에서 집이란 한평생을 사는 곳이기에, 집을 장만했으니 책임감 있는 남자라고 한다면 그럴지도 모르겠다. 하지만 동료가 샀으니 나도 사야겠다는 생각으로, 남보다 조금이라도 우위에 섰다고 느끼며 만족하는 것은 좀 한심하다.

옛날에 남자는 회사든 가정에서든 책임을 짊어지고 살아가며 그 책임감으로 의욕을 가졌다. 어떤 남편이든 아버지든 간에 가장은 훌륭하다며 집안의 가족들이 떠받들었고, 반찬 가짓수가 하나라도 더 많았으며, 텔레비전의 채널권을 가지는 등 대우를 받았다. 아버지가 일하는 덕에 가족이 생활할 수 있는 것이니 매사 감사해야 한다고 엄마는 아이들에게 말했다.

하지만 지금의 아버지는 가정 내의 대우가 박탈되어 설 곳이 없어졌다. 반찬수가 많기는커녕 야근으로 녹초가 되어 집에 돌아와도 밥조차 없는 일이 있다.

"당신이 늦은 게 잘못이야."

남편은 아내에게 설교를 듣는다. 텔레비전 채널 선택권도 없고 아내와 자녀가 시키는 대로 하는 수밖에 없다. 달마다 은행에 돈을 보충하는 사람 취급을 당하고 있다. 분명 자기희생의 인생이지만 의협심이 있는 것과는 조금 다르다. 착실히 아버지로서 인정받지 못하는 무언가가 그들의 행동에 잠재되었다고 생각한다.

앞서 이야기한 남편도 동료보다는 여러모로 높은 위치에 있고 싶어 하지만 그렇다고 집에서 폭군 같은 남편은 아니다. 그러나 퇴근 후 차려진 식탁을 보고서 한마디 정도는 하는 모양이다.

"반찬이 이게 다야?"

아내는 반찬이 이것뿐인 이유는 무엇인지, 컨디션도 안 좋은데 아기를 안고서 매일 상을 차리는 노고를 알고는 있는지, 애써 음식 만들어줬는데 불평하지 말라는 등 하고 싶은 말은 산처럼 쌓여 있지만 그것을 전부 일괄해 한마디 한다.

"먹기 싫으면 먹지 마."

접시를 치우려고 하면 남편은 가만히 먹기 시작한다. 집에 관해서는 남편인 남자의 체면에 휘둘리지만, 다른 부분에서는 남편이 아내를 따르고 있다. 타인의 눈에 보이지 않는 가정 내에서의 일은 남자의 체면과는 관계가 없는 듯하다. 가부장적인 아버지가 밥상을 뒤엎는 일은 확실히 과거의 일이 되었다.

요즘 젊은 남자들은 가정의 책임을 짊어진데다 권력은 박탈당한 아버지의 모습을 보고 자란 세대일 것이다. 주위에 결혼한 성인들을 봐도 특별히 행복해 보이지 않고 부럽지도 않다. 그들은 손익을 따지며 싸움은 되도록 피한다. 자신이 손해 보지 않고 자유롭게 살고 싶은 것이다. 그들에게도 남자의 체면은 있겠지만 허세를 부리는 것은 아니라고 생각하고 싶다. 요즘 남자들에게는 패기가 없다는 말들을 하는데, 그들이 남자의 묘한 체면을 깨부수는 선봉이 되지 않을까 하고 나는 조그만 기대를 해본다.

무욕의 승리

천천히, 운명의 그녀를 만나는 날까지!

얼마 전 일이다. 라디오를 듣고 있는데, 2010년 시점으로 오십이 다 될 때까지 한 번도 결혼한 적 없는 생애미혼율이 남자는 20.14%, 여자는 10.61%로 역대 최고였다고 한다. 1980년과 비교하면 남자는 약 8배, 여자는 약 2배로 증가한 것으로 결혼할 생각이 없다고 대답한 사람들이 천천히 늘고 있다고 했다. 나와 남동생도 그에 속하고 친구들 중에도 같은 입장의 사람이 많기 때문에 한 귀로 듣고 흘려버렸지만, 태어나서 50년 동안이나 결혼을 하지 않는 것이 사회적으로 문제가 되는 현상일지도 모른다. 결혼을 하지 않아도 동거 경험이 있거나 사실혼 관계인 사람도 있으니 이를 포함하면 수치는 더 내려가겠지만, 30년 전과 비교해 남자의 미혼율이 8배나 증가하리라고는 생각지 못했다.

옛날에는 연애가 결혼으로 이어졌지만 지금은 전혀 별개의 것이 되었다. 남자친구가 있고 딱히 사이가 안 좋은 것도 아닌데 뜬금없이 다른 남자와 결혼하는 여자가 있다.

"그거, 인간적으로 괜찮은가?"

그런 이야기를 들으면 이 아줌마는 그저 걱정이 되는데, 그 현실을 가르쳐준 젊은 여자는 태연하게 말했다.

"그 남자도 이미 승낙했으니까요."

그녀도 연애와 결혼을 분리하고 있었다.

"사귀는 건 좋지만 결혼은 좀."

실제로 교제 중인 애인과도 서로 딱 잘라 말했다고 한다. 결혼을 주저하는 이유가 어떤 부분인지 물었더니 그녀의 대답은 뚜렷했다.

"너무나 멋지지만 경제력도 없고 믿음직하지 못하고, 무엇보다 인생을 함께 할 수 없다고 해야 할지……."

상대 남자 또한 다음과 같이 대답했다고 한다.

"너와 함께 걸으면 다른 남자가 쳐다보니까 우월감이 느껴져서 좋긴 하지만 방이 지저분한데도 그대로 방치해놓고 요리도 못하고 돈 씀씀이가 헤픈 여자라 결혼은 하고 싶지 않아."

그런 여자와는 사귀는 것조차 싫지 않을까 생각하지만, 그에게 있어서는 손수 만든 요리를 먹지 않으면 위장에 지장이 없고, 그녀의 집에 가지 않으면 바닥에 널브러진 바지나 침대 밑의 정체를 알 수 없는 쾨쾨한 물체 같은 건 발견하지 않으니까 별문제가 되지 않는다. 그녀 또한 그가 결단력이 없는 만큼 자신이 강하게 말하면 시키는 대로 하고, 경제력이 제일 큰 난관이라 해도 만날 때는 값싼 가게에서만 데이트하기 때문에 지금 당장은 문제가 없다고 한다. 그녀는 남자들에게 항상 귀여움을 받고 있어서 값비싼 가게에는 그런 사람들과 간다. 사귀고 있는 애인과 가고 싶은 생각은 없는 것이다.

"안면이 있는 사람하고만 식사하러 가고, 잠깐 마시고 헤어지죠. 깊은 관계로 이어지지는 않아요. 남자친구가 있으니까요."

의외로 아랫도리의 가드가 견고하다. 대부분의 남자는 유혹을 거절당하면 몹시 안타까운 듯 의미심장한 여운을 남기며 조용히 사라진다. 하지만 그중에는 "이렇게나 비싼 밥을 사줬는데 거절하다니"라며 길에서 격노하는 남자도 있었다고 한다.

분명 그 남자는 식사를 하고 술을 마시고 그녀와 이야기를 나누면서 머릿속으로는 그 뒷일을 망상하며 잔뜩 힘이 들어갔을 것이다. 그런데 갑자기 그녀가 못을 박았으니, 당연히 망상과 함

께 분노가 단숨에 분출된 것이다. 그 남자는 회사 거래처의 영업
맨이었는데 그 일이 있은 뒤로는 회사에서 그녀와 얼굴을 마주쳐
도 완전히 무시해버렸다. 그녀가 일부러 물끄러미 쳐다보자 눈이
마주쳤고, 순간 당황한 그는 눈길을 돌리며 허둥지둥 방을 나갔
다고 한다.

"난처했겠죠. 처음 같이 식사하고서 바로 잔다는 건 좀, 그런
여자 별로잖아요. 나중에 내가 그런 여자로 보였을까 생각하니
왠지 억울해요."

"그 사람의 태도가 노골적이네요."

나는 그게 그거라 생각했지만 일단은 그렇게 말해 두었다.

물론 그녀는 남자친구에게도 그 이야기를 했다. 보통은 아무리
결혼과 별개로 사귀는 사이라 해도, 그런 일이 있으면 남자 입
장에서는 당연히 기분이 나쁠 것이라 상상했지만 그의 첫마디는
전혀 의외였다.

"그 레스토랑 맛있었어?"

요리는 맛있었다며 상세히 이야기하자 그는 흥미진진하게 듣

고 있었다고 한다. 먹는 걸 좋아하는 사람이라 그녀의 정조보다 식사가 신경 쓰였던 것이다.

관계를 딱 잘라 구별하는 남녀가 있는 한편, 가정을 지키기 위해 필사적으로 결혼 생활을 하고 있는 남자도 있다. 그는 지금은 한 가정의 가장이자 아빠가 되었지만 서른다섯 살이던 5년 전, 총각의 그는 어느 날 갑자기 초조해졌다.

'이렇게 지루하게 살다간 나는 절대로 결혼 못할 거야.'

그는 결혼을 위해 힘쓰기 시작했다. 학생 때부터 사귄 여자친구는 사회생활을 시작하면서부터 좀처럼 데이트할 시간이 없어지자 그녀는 회사 선배로 갈아타며 그를 차버렸다.

그는 여자친구와 잘 지내고 있었기에 그대로 결혼까지 하겠다고 생각하고 있었는데 물거품이 되고 말았다. 이렇게 말은 해도 당시 그는 고작 스물 넷이었기 때문에 쇼크는 받았지만 인생에 있어 큰 문제라고 생각하지는 않았다.

그 후로 그는 일이 바빠 낮과 밤이 전환되는 생활을 계속했다. 식사는 편의점이나 직원식당에서 먹었고, 빨래는 세탁기나 세탁

소에 맡겼다. 살고 있는 곳은 좁은 방이라 청소하는 것도 간단했다. 생활하는 데 문제가 없었고 그녀에게 차이고서 10년 이상을 여자와 전혀 관계 없이 지냈지만 딱히 불만은 없었다.

그런데 돌연, 아침에 눈을 떠 그는 맹렬한 위기감에 휩싸였다.

"평소 결혼에 대해 자주 생각했다면 그간 욕망이 커졌나 싶지만 정말 갑자기 머리에 폭탄이 떨어진 것 같은 충격이었어요."

어째서일까. 나는 그 이야기를 듣고 그와 생각해 보았다. 자각하고 있지는 않았지만 무의식중에 결혼 생각이 쌓여서 폭발한 게 아닐까.

"정말로 결혼을 고집하지는 않았어요. 학생 때 여자친구와 여행을 가서 점을 봤는데 '당신은 아버지 쪽 할아버지의 혼이 지켜주고 있어'라는 말을 들었어요. 어쩌면 할아버지가 '너는 뭐하고 있는 게야!' 하고 활력을 불어넣어준 걸지도 몰라요."

그 점쟁이는 그와 여자친구가 5년 후에 결혼할 거라고 말했다고 하니 신뢰하기는 어렵다.

맹렬한 충격을 받은 그는 그날부터 어떻게 해야 결혼할 수 있을지 계속해서 생각했다.

"동료에게는 아무렇지 않게 대하지만 일생을 함께 할 아내를 찾는다고 생각하면 긴장이 됐어요. 도대체 어떻게 해야 좋을지를 필사적으로 생각했어요."

동반자를 찾으려면 우선 여자에게 미움받지 않는 것이 중요하다. 그는 연애 경험이 많지 않고, 인기 있는 타입도 아니었다. 먼저 여자에게 익숙해지는 것이 선결 과제이기에 누구와도 긴장하지 않고 이야기할 수 있어야 했다. 처음부터 아내를 찾으려고 하면 넘어야 할 산이 너무나 높다. 아무런 준비 없이 에베레스트 산을 오르는 것과 같다. 차근차근 무리하지 않을 높이의 산에서 몸을 적응시켜야 했다.

그는 머리에 폭탄이 떨어진 그날 낮부터 상황이 허락하는 한 여자에게 말을 걸어보기로 했다. 우선 익숙해지는 것이 제일이므로 미혼이든 기혼이든 여자라면 관계없었다. 회사 근처의 안면 있는 가게의 여자들도 대상에 포함되었다.

"저녁식사는 상대도 어색해할 거고 편하게 있을 수 없으니까 점심을 함께 하자고 청했죠."

그는 동료, 후배, 모친과 같은 연배의 여자 등 스무 살부터 예순 살까지 구분하지 않고 말을 걸었다. 그런데 의외로 대부분 거절당하지 않았다. 여자들과 평범하게 점심을 함께 할 수 있었다. 물론 식사비는 그가 지불했다.

"여자의 생각을 알게 되어 공부가 되었어요. '아줌마와 밥을 먹는 게 즐겁냐'고 친구들이 말하기도 하지만, 근처 가게에서 파트타임으로 일하는 아줌마에게도 그 나름의 인생이 있어요. 아이가 어릴 때 이혼하고서 여자 혼자 힘으로 아이를 키워 사립대학까지 보냈대요. 여자는 같은 여자 입장에서 아줌마의 이야기를 듣겠지만, 나는 아줌마가 헤어지고 싶어 했던 남자가 어떤 사람이었는지 신경 쓰였죠. 결혼하면 아내에게 그런 짓은 하지 말아야겠다고 명심했죠."

함께 식사를 한 여자들은 그에 대한 인상이 나쁘지 않았고 대화도 잘되었기에 가벼운 마음으로 점심을 함께 먹었을 것이다. 하지만 그의 머릿속에는 그녀들의 한마디 한마디가 모두 입력되었다.

그는 기혼자나 애인이 있는 여자는 결혼 상대에서 제했지만, 계속해서 자유롭게 만나 이야기를 나누고 싶다고 느낀 여자에게는 다시 권유했다. 이때부터가 그의 제2단계이다. 이제 해발 599m, 1103m 정도의 산을 넘어야만 했다.

두 번째 점심 약속은 응하는 사람도 있었지만 거절하는 경우가 더 많았다. 그때 그의 대처법은 모두 상대의 판단에 맡기는 것이었다. 그녀들의 속마음을 알 수 없을뿐더러 여자의 취향 또한 제각각이기 때문에 거절당하면 인연이 아니었다고 생각하며 포기했다. 상대를 원망하지 않는 것은 물론이고 자기 자신도 비하하지 않았다.

"내가 상대를 선택한다기보다 그저 나로 괜찮다는 여자가 있기를, 여자에게 선택받는다는 마음뿐이었어요. 뒤는 돌아보지 않고 오로지 전진만 했어요."

두 번은 괜찮지만 세 번째는 싫다고 하는 여자도 나왔다. 그는 거절의 이유가 무엇인지 고개를 갸웃거린 적도 있지만 지나치게 섣불리 생각했다가는 좋을 게 없으니 순순히 물러났다.

몇 명의 여자와 몇 번의 점심을 함께 하고, 그중 한 사람과 저
녁 식사로까지 나아갔다. 그리고 3년 후, 마침내 두 사람은 결혼
을 하게 되었고 아이도 생겼다. 매일 밤, 자기 전에 하루의 고단
함을 서로 위로하면서 마사지를 해주는 것이 일과가 되었다고
한다.

"무리하지는 않았으니까요. 내가 갈 수 있는 범위의 가게에서
만 식사를 했어요. 그래도 응해주었기 때문에 아내에게 늘 고마
워하고 있어요."

결혼 생활이라고 하면 처음부터 자신의 조건에 맞는 사람을
찾으려는 경향이 있지만, 현실에서는 그와 같이 용모나 연령 등
조건을 달지 않고 스트라이크 존을 향해 있는 힘껏 넓혀나가는
가운데 우연히 자신과 궁합이 맞는 상대를 만나는 것일지도 모
른다. 자신의 이상을 찾아 바늘구멍 같은 스트라이크 존에서 결
혼 상대 찾기에 혈안이 되어 있다면 짝을 찾기는 매우 어려울 것
이다. 그는 정말로 무욕의 승리였다며 나는 고개를 끄덕였다.

품격 있는 행동

남자의 품격은 조건으로 만들어지지 않는다

지금으로부터 30년도 더 된 이야기다. 한 파티에 참석했었다. 초대 손님 한정이 아닌 친구들을 데려와도 좋다는 관계자의 말처럼 친근한 분위기의 파티였다. 평소 사람이 모이는 장소를 좋아하지 않아 파티는 되도록 피했는데 여러 친구들의 권유를 받아 가끔은 괜찮지 않을까 하는 마음에 가보았던 것이다.

파티가 끝나고 호텔 라운지로 이동해 친구들은 술을 마시고, 술을 마시지 못하는 나는 우롱차를 마시고 있는데 파티에 참석했던 다른 그룹이 합류하면서 총 10명 정도의 인원이 되었다. 내 눈앞에는 모 문학평론가가 앉아 있었다. 대학에서 그의 강의를 종종 들었다는 지인의 이야기가 생각이 나서, 지인의 이름을 대며 그에게 말을 걸었다.

"대학에서 선생님의 강의를 들었다는 이야기를 했었어요."

그러자 그의 대답이 참 가관이었다.

"아, 그 사람. 나를 어찌나 좋아하는지, 도통 내 옆에서 떨어지질 않았어요."

'뭔 말도 안 되는 소리야, 그녀는 단지 당신 강의를 들었다고만

했지 그 이상의 일 같은 건 전혀 없었네요.'

나는 어이가 없었다.

"나는 그런 마음이 없는데, 그녀가……."

우쭐해진 그는 계속해서 그 소리를 반복하며 히쭉거렸다.

그녀는 정말 매력 있고 귀여운 사람이지만 그의 말처럼 절대로 그럴 사람이 아니었다. 더구나 그녀는 문학 전공이 아니기에 그의 강의는 교양 수업에 지나지 않았다. 나름 명성 높은 사람이 이런 놈이었나 환멸을 느꼈다. 고령이라 다른 수강생과 착각했을지도 모르지만 어찌되었든 여자 제자에 대해 그런 발언을 하는 남자는 한심하기 짝이 없어 내 머릿속에서 경보음이 울렸다.

'부- 부-'

이놈과 더 이상 이야기를 나눌 필요가 없어 홀짝홀짝 우롱차를 마시며 무심코 가장 멀리 떨어진 좌석을 보니 안면이 있는 젊은 여자 편집자가 앉아 있었다. 곁에 앉은 남자가 오른손으로 그녀의 무릎을 계속해서 이리저리 어루만지고 있는 게 아닌가.

'거기 당신 뭐하는 거야! 당장 그만두세요!'

벌떡 일어나 호통을 치고 싶은 것을 꾹 누르며, 물끄러미 곁눈으로 계속해서 쏘아보았다. 나의 작은 눈으로 자신을 쏘아보고 있는지도 그놈은 모르는지 계속해서 그녀의 무릎을 더듬고 있었다. 당하고 있는 그녀는 무표정이었다.

'당신, 평소에는 시끄러울 정도로 활기차니까 그만하라고 말 좀 해요!'

마음으로 외칠 뿐 나 또한 아무런 말도 할 수 없을 정도인데 회사에 근무 중인 그녀가 저명한 출판 관계자의 지인 자격으로 파티에 와 있던 그 남자에게 무슨 말을 할 수 있었을까.

나는 계속 화가 나 있었다. 당시에는 성희롱이란 단어도 일반적이지 않았고, 그런 족속들에게 여자는 마음껏 만질 수 있는 대상이었다. 그들은 만질 수 있는 여자와 그렇지 않은 여자를 가려서 만져댔다. 바로 여자에게 접촉하는 남자를 보고 있으면, 취한 척하며 우연히 여자에게 안기는 것 같아도 실은 달려들어도 아무 말없이 웃어 넘길 수 있는 부류를 골라서 행동한다. 가끔은 자신도 모르게 그랬다는 척 변명하지만 알고 보면 몹시 계산된 행동이라는 것이 뻔뻔스럽고 괘씸하다. 주위에 다른 여자들이 몇 명이나 있는데 그중에서 가장 어린 편집자라면 아무 말도 하지 못할 거라는 걸 알고 있다는 것에 화가 났다.

그를 데려온 저명인사도 파티에 참석해 있던 접객업에 종사하는 여자를 보며, 일부러 주위 사람들에게 말을 걸어서는 그녀의 큰 가슴 사이즈를 화제로 삼고 있었다. 처자식까지 있는데 호텔 방에 그녀를 불렀다는 이야기를 들었지만 내가 목격한 것이 아니라서 진실은 어떤지 모른다. 그들의 언동이 불쾌하기 짝이 없어 그저 기가 막힐 뿐이었다.

'이놈들 모두 썩었네.'

일을 시작한 지 얼마 안 된 젊은 시절, 연배 있는 작가가 나를 만나고 싶어 한다며 그의 담당 편집자가 연락을 했다. 회식 장소에 가서 인사를 하니 내 얼굴을 보자마자 그가 내뱉었다.

"아, 당신 내 취향 아니야."

'하?' 도대체 무엇을 위해 내가 불려나온 것인가.

"미안하지만, 내 취향의 여자를 불러도 될까?"

"그러세요."

이럴 거면 처음부터 나를 부르지 말고 그 여자를 불러 셋이서 식사를 했으면 좋았을걸 하고 생각하는데 그가 말했다.

"이걸 먹었더니 ○○씨가 멋지다고 하더군."

모 여자 작가 이름을 거론하며 한껏 거드름을 피우던 그는 스키야키 재료인 소고기를 날것 그대로 먹기 시작했다.

"와일드하네요."

지금이었다면 그런 개그 한마디라도 했겠지만, 당시에는 그런 생각할 여유도 없이 그저 "네."라고 말하며 물끄러미 그의 모습을 쳐다보고 있었다.

잠시 후 그의 취향인 여자가 왔다. 그녀도 편집자였는데 또렷한 눈매에 느낌이 좋은 여자였다. 그녀가 오자 그는 갑자기 기분이 좋아져서 이러쿵저러쿵 신나게 이야기를 했다. 갑자기 불려온 그녀는 돌연 회식 장소에 온 것을 황송하게 여기고 있었다.

"괜찮아요, 괜찮으니까 편하게 있어요."

나는 그렇게 말하며 그날 밤 남자들의 생태를 관찰했다.

만일 불행하게도 내가 그의 취향이었다면 도대체 어떻게 되었을까. 중개를 하던 편집자도 남자다. 작가 취향이 아닌 여자를 데려왔지만 기뻐하지 않았다는 것을 알고서 아무 말이 없어진 편집자는 점차 술기운이 돌았는지 그와 그녀의 대화에 끼어들기 시작했다. 편집자도 그녀가 마음에 든 모양이었다.

편집자와 그녀가 이야기를 나누자 작가가 욱해서는 둘 사이를 비집고 들어갔다.

"어이, 나한테도 말해주게."

그러자 편집자가 가로막으며 말했다.

"선생님, 제가 이야기 중이니 기다려 주세요. 금방 끝나요."

"자네, 아까부터 이 아이와 이야기하고 있지 않나. 나는 이 아이와 이야기하고 싶어서 부른 거지 자네 때문에 부른 게 아니야."

그가 화를 내는데도 편집자는 작가를 무시하며 그녀와 이런저런 이야기에 열중했다.

"잠깐. 이 아이는 자네를 위해 부른 게 아니라고 몇 번이나 말하지 않았나. 누구 덕에 여기서 밥을 먹을 수 있다고 생각하나."

"무슨 말이세요. 선생님의 단골집일지 모르겠지만 밥값은 제가 부담한다고요. 선생님이 사주시는 것도 아니면서."

편집자의 반격에 작가는 갑자기 말문이 막히는지 가만히 눈앞의 스키야키를 먹기 시작했다.

'놀고들 있네.'

몇 번이나 내뱉고 싶은 것을 참으며 나는 종업원이 덜어준 스키야키를 먹으면서 눈앞의 광경을 쳐다보았다.

"죄송합니다. 죄송합니다."

그녀는 몇 번이나 나를 보며 사과를 했다. 나는 그저 이 현장이 어떻게 전개될지가 재미있어서 그녀에게 말했다.

"괜찮으니 신경 쓰지 마세요."

그도 편집자도 계속해서 술을 마셔대더니 결국에는 두 사람 모두 곤드레만드레가 되었다.

"선생님, 이제 집에 갈 시간이에요. 택시 부를게요."

편집자의 말에 그는 갑자기 화를 벌컥 내기 시작했다.

"아, 자네는 나를 보내서 귀찮은 존재를 쫓을 작정이지. 이 아이를 혼자 차지하고 싶은 거군. 속셈에 넘어가지 않아."

"사모님께서 늦어도 10시 반에는 집에 보내달라고 하셔서요."

사모님이라는 말을 듣자 그는 갑자기 푹 시든 것처럼 처지더니 조그마한 소리로 투덜거렸다.

"아내가 그렇게 말했다면…… 어쩔 수 없군."

"선생님은 댁에 돌아가세요. 다른 분들은 제가 바래다줄게요."

편집자의 말이 끝나자마자 그가 눈을 부릅뜨며 일어섰다.

"뭐라? 까불지 마. 이 아이는 내가 바래다줄 거야."

"사모님께 혼나세요."

"부부 일에 깊게 관여하지 말게."

"사모님께 부탁받았기 때문에 저도 어쩔 수가 없어요. 제가 바래다줄 테니까 안심하세요."

"안심 못하니까 내가 바래다준다고 말하잖아."

"안 됩니다. 얼른 들어가세요."

"들어가라고? 까불지 마."

초로의 남자와 중년의 남자는 양손을 휙휙 휘두르며 난폭하게 굴기 시작하더니 곧 서로 상대의 몸을 때리기 시작했다.

"두 사람 모두 그만하세요. 저는 회사에 돌아가야 해서……."

중간에 끼인 그녀는 너무 놀라 두 사람의 발밑에 매달려 필사적으로 중재에 들어갔지만 나는 디저트로 나온 감을 먹으면서 방석 위에 털썩 앉아 혼자 싱글거렸다.

'이거 재미있어졌네.'

분명 보나마나 작가에게는 처음부터, 편집자에게는 중간부터 내 모습 같은 건 안 보였을 것이다. 나는 보이는 사람에게만 보이는, 자시키와라시 * 가 되어 얌전하게 앉아 있었다.

때마침 종업원이 기막힌 타이밍에 문을 열고 들어와 알렸다.

"선생님, 차가 도착했습니다."

● 座敷童, 도호쿠 지방에서 옛날부터 집에 산다고 믿는 집의 신으로, 집을 지켜주고 부귀를 준다는 어린이 모습을 한 수호신 – 옮긴이.

"응, 차가 왔다고? 알았네."

그는 하아- 한숨을 쉬며 가방을 들고 일어섰다. 우리들도 그의 뒤를 따라 가게를 나왔다. 그가 택시 타는 것을 배웅하고 있는데, 불현듯 생각이 났는지 내 쪽을 되돌아보며 말했다.

"오늘 수고했소."

그가 정색하며 양손을 휘휘 휘둘러 편집자를 마구 때리던 모습이 생각나서 웃음이 나올 것 같았다.

"당신 덕분에 분위기가 무르익었네요."

불려나온 그녀가 하도 미안해하기에 내가 인사를 건네자, 편집자는 머리를 감싸 쥐었다. 그러더니 바로 좀 전까지 존재가 없었던 내게도 택시를 불러주기에 그것을 타고 집으로 돌아왔다.

세상에는 고학력에 박식하며 나름의 업적을 남긴 남자들이 많지만 그것과 품격 있는 행동과는 별개다. 특히 여자에 대한 태도가 난폭하거나 불쾌한 것이 가장 싫다. 만약 내 남편이 그런 인간이라면 부끄러워 참을 수 없을 것이다. 그들 같은 무리를 만날 때마다 나는 남편이 없어서 다행이라며 가슴을 쓸어내렸다.

남자의 수다

내 입 무거우니까 괜찮아. 뭐든 물어봐!

나는 친구들과의 모임보다 회의를 겸한 회식을 하는 경우가 훨씬 많다. 회의에서는 원활하게 이야기를 진행하고 또한 내가 불쾌하지 않도록 신경을 써주는 것은 잘 알지만, 그것이 약간 어긋나는 경우가 있다. 남자 상사와 여자 부하직원과 함께 한 회식날, 내가 아무것도 묻지 않았는데 상사가 멋대로 옆에 앉은 여직원의 프라이버시에 관해 이야기하기 시작했다. 출신 학교나 경력 정도면 모르겠으나, 그녀의 지극히 사적인 과거 연애사나 결혼생활에 대해서까지 화제를 삼았다. 저런 이야기까지 해도 괜찮을까 걱정이 되었지만 이것저것 폭로당한 여자는 이미 포기한 상태인지 "네. 네." 대답하며 적당히 맞장구쳤다. 그러더니 결국에 그는 아무도 물어보지 않은, 가장 최근 자신의 불륜 이야기까지 꺼내기 시작했다.

신나게 떠들던 그가 화제에 아무런 반응을 보이지 않는 내 태도를 보더니 물었다.

"이런 이야기 흥미 없어요?"

"네."

"여자가 연애 이야기에 흥미가 없다니······."

내가 고개를 끄덕이자 그는 마치 진귀한 짐승이라도 만난 듯한 표정을 지었다.

'그런 이야기에 여자들 모두가 달려들 것이라 생각하고 있는 당신이 어리석네요.' 되받아치고 싶은 것을 꾹 참았다.

그에게는 '여자의 관심을 끌려면 먼저 연애 이야기를 하는 것이 제일'이라는 매뉴얼이 있었을 것이다. 지금껏 그 방법이 잘 먹혔기에 구태여 매뉴얼을 변경할 필요가 없었을지도 모른다. 확실히 그런 이야기에 흥미를 가진 여자도 있겠지만 반면에 어째서 그런 이야기를 하는지 어이없어하는 여자도 분명 있었을 것이다. 나처럼 노골적인 태도를 취하지 않았을 뿐. 아마 본인 스스로 연애에 흥미를 가지고 있기 때문에 그는 그런 발상을 했을 것이다.

요즘 젊은 남자들은 아무렇지 않게 자신의 연애담의 전말이나 자신의 연애관을 이야기한다. 나와 동년배나 그 이상의 남자가 자신의 연애에 대해 미주알고주알 이야기하는 모습은 본 기억이 없다. 좋아하게 되거나 호감을 느낀 여자가 있었으니 결혼도 했겠지만 상대 이외에 다른 이들에게 자신의 마음을 이야기하지는 않았다. 연애나 결혼을 해서도 연애의 '연'자도, 결혼의 '결'자도 그들은 이야기하려고 하지 않았다. 어떤 이야기든 여기까지는 말해도 그 이상은 안 된다는 선을 확실히 그었지만 최근에는 그것이 흐물흐물해지고 있다. 여자는 예전부터 타인에게 자신의 연애담을 이야기하는 경향이 있었지만 남자도 비슷하게 돼가고 있다.

텔레비전에서는 젊은 남자들이 자신의 연애관을 진지한 얼굴로 거침없이 늘어놓고 그에 대해 남녀를 포함한 출연자들은 당연하다는 듯 모두 고개를 끄덕이고 있다.

"어차피 연애 이야기라 해도 결국은 어떻게 해야 사람들이 자신을 치켜세워줄지 혹은 좋게 봐줄지 생각하면서."

몸을 비비 꼬며 기쁜 듯이 연애담에 꽃을 피우고 있는 무리를 차가운 눈으로 쏘아보고 있었던 것은 사실이다. 세상 사람들이 그렇게 연애를 좋아하는지 나는 믿을 수 없다. 이제는 여자만이 아니라 남자의 '사랑 이야기'도 충분히 많아졌다. 그리고 그런 남자들은 모두가 수다쟁이다.

그런 사람들을 보면서 나는 도대체 왜 그만큼 연애에 흥미가 없는지를 생각했다. 여자의 성장 과정에서 가장 가까운 이성이 아버지인데, 자유업에 종사했던 그는 돈이 들어오면 먼저 자신이 갖고 싶은 것을 사고 가족들은 잔금으로 생활했다. 아버지는 원하는 옷을 사기 위해 나나 남동생이 저축한 돈에까지 손을 댔다. 나는 동네에서 영구차를 볼 때마다 엄지를 쭉 내밀며 아버지가 죽기를 기도했지만, 몇 번을 해도 죽기는커녕 그는 쌩쌩했다.

그렇다고 해서 어렸을 때부터 '남자는 완전히⋯⋯.' 하고 포기한 것은 아니다. 초등학교와 중학교 시절에는 좋아하던 남자가 분명 있었고 특히 초등학교 저학년 때는 자전거를 타고 남자아이들하고만 어울려 놀면서 반에서 남자와 제일 잘 노는 여자였다. 정확히 말하면 남자를 좋아했다. 상대가 나를 이성으로서 관심을 가지지 않은 것일 뿐, 내 인생 최대의 에로기였다.

고등학생 때는 남자친구를 만들기 위해서는 가능한 경쟁률이 낮은 남자가 좋다고 생각해서, 그저 그런 얼굴에 수수하며 누구도 이런 사람을 좋다고 생각하지 않을 남자를 겨냥했다. 그런데 내 예상과는 달리 실제로는 여자들에게 인기가 엄청나서 경쟁률이 굉장히 높다는 것을 알았다.

'이런 경쟁률로는 도저히 무리야.'

예상외 결과의 노림수가 진짜 주인공이었다는 벽에 부딪혀, 결국 밸런타인데이의 초콜릿도 건네지 못하고 포기하고 말았다.

그런데 내가 그를 좋아하는 걸 알고 있는, 만화 주인공을 쏙 빼닮은 그의 친한 친구가 그 사실을 폭로했다.

"내 입 무거우니까 괜찮아. 뭐든 물어봐."

그 말에 어떻게든 그의 정보를 알고 싶었던 나는 그에 대해 여러 가지를 물었는데, 그 이야기를 모든 남자아이들에게 폭로해버린 것이다. 나로서는 모든 것을 비밀리에 하고 싶었는데 순식간에 소문이 퍼지는 바람에 정말로 큰 창피를 당했다. 이때 처음으로 남자에게는 여자보다 질 나쁜 수다스런 놈이 있다는 것을 알았다. 내 연정이 성취되지 못해 분한 생각보다도, 입이 무거우니 공언하지 않겠다고 약속해놓고서 함부로 지껄여대던 '말짱 꽹돌이'에 대한 증오가 더 격해서 불신감을 가지게 되었다.

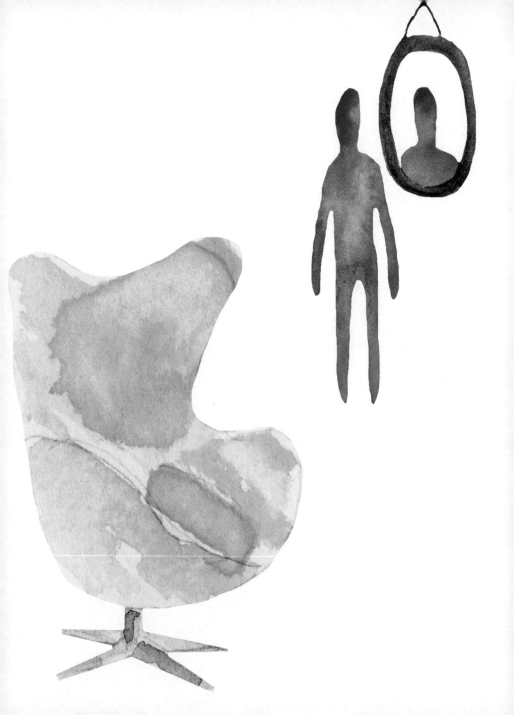

'남자는 신용 못해.'

여자는 소문을 좋아하니까 시시한 이야기를 떠든다고 하지만, 남자도 다를 것 없다는 걸 확실히 알게 된 순간이었다.

일찍이 배우 다카쿠라 켄의 "서투르니까"나 배우 미후네 도시로의 "남자는 침묵하고 삿포로 맥주"라고 말하던 광고 대사와 같이 남자는 과묵한 것이 좋다고 말하던 시대와 달리, 지금의 남자는 수다를 좋아한다.

- 필요한 것도 필요하지 않은 것도 말하지 않는 남자
- 필요한 것은 말하지만, 그렇지 않은 것은 말하지 않는 남자
- 필요한 것은 말하지 않지만, 그렇지 않은 것은 말하는 남자
- 필요한 것도 그렇지 않은 것도 말하는 남자

남자를 위의 네 가지 유형으로 나눈다면 확실히 1번은 적어졌다. 사람과는 이야기하지 않지만 인터넷상에서 수다스러워지는 사람일지도 모른다. 수치적으로는 2.5번에서 4번 유형의 남자가 많아진 게 아닐까. 그 결과 남과 여라는 귀찮은 구분이 없어졌다고 하지만 그만큼 쓸데없는 말을 하는 남자도 많아졌다.

연인 관계도 아닌, 아무 상관없는 친구의 지인 남자와 어떤 파티에서 얼굴을 마주쳤을 때의 일이다. 파티 도중에 나와 그가 알고 있는 바에 가서 주인과 인사를 나누었다. 우리는 약 한 시간 정도 그곳에 있다 헤어졌다. 그리고 다음 날, 내가 회사에 근무하던 시절 학생 신분으로 아르바이트를 하던 여자에게서 갑작스레 연락이 왔다.

　　"남편이 회사 사람한테 들었다는데요. 요코 씨가 ○○씨와 함께 바에 왔는데 두 사람 사이가 수상하다고 하더래요."

　　나는 그녀와 안부 정도만 나누던 사이로 몇십 년간 만나지 않았고, 그녀의 남편은 물론이고 '회사 사람'과 일면식도 없다. 그런 그들이 우리가 바에 갔다는 것을 알고 있었다. 그때 가게에는 우리 외에 두 명의 남자 손님이 구석에 있었을 뿐이라, 이야기의 출처는 한 사람으로 좁혀졌다. 술장사의 기본으로 입이 무거워야 하는 것이 철칙일 텐데, 그것조차 못하는 인간이 장사를 하고 있다. 분명 그 주인의 입에서는 셀 수 없는 소문이 발신되었을 것이다. 술장사를 하는 사람까지도 신용하지 못하게 되었다.

이 밖에도 수다스런 남자에게 진절머리가 난 경험은 많지만 반대로 감격한 일도 있다. 대학 입학 전의 봄방학 때 딱 하루 음악교실에서 아르바이트를 한 적이 있다. 점심을 밖에서 먹어야 했기에 여직원들은 찻집에서 스파게티와 커피로 식사를 하러 갔다. 그런데 그 점심값이 아르바이트비의 절반 이상이라, 아버지의 헤픈 씀씀이 때문에 집의 재정이 궁핍해 학비까지 위험해진 나로서는 싼값의 점심을 찾아야 했다. 근처에 내 주머니 사정에 맞는 곳은 덮밥을 파는 가게밖에 없었다. 그곳에 출입하는 사람은 100퍼센트 남자로 그것도 육체노동자가 많았다.

솔직히 말해 나는 그들이 거북했다. 공사장 옆을 지나갈 때면 그들은 '미모에 상관없이 반드시'라고 해도 될 만큼 어린 여자들을 조롱했다.

"어떤 속옷 입고 있어?"

"가슴 사이즈는 어느 정도야?"

그곳에 있는 모두가 그런 말을 하는 것이 아니라 그중 한두 사람이었지만, 당시 공사장을 지나갈 때면 반드시 그런 소리가 날아왔다. 나는 불쾌함을 드러내며 항상 부루퉁한 표정으로 매섭게 쏘아봤지만, 분명 그들은 부끄러워하며 고개를 숙이는 여자의 모습이 보고 싶었을 것이다. 나의 친구도 같은 피해를 당했기 때문에 공사장을 보면 넌더리를 치며 멀리 돌아서 가곤 했다.

그러한 사정으로 그들이 출입하는 가게에 들어가는 것을 주저했지만 배가 고파서 감수할 수밖에 없었다. 어차피 오늘만이니까 단념하고 가게 안으로 들어섰다. 그곳에는 큰 테이블이 하나밖에 없어 내가 구석자리에 앉자 가게 사람들은 약간 놀란 얼굴을 했지만 지극히 평범하게 주문을 받아주고 순식간에 덮밥이 놓였다.

먹기 시작한 순간, 드르륵 하고 미닫이문이 열림과 동시에 6~7명의 남자 목소리가 들렸다. 그리고는 일순, 대화가 딱 멈췄다. 분명 평상시에는 없는 손님이 있어서 놀랐을 테다. 나는 되도록 그들과 관여되지 않도록 고개를 숙인 채 잠자코 덮밥을 먹었다. 그들은 테이블에 앉아 텔레비전으로 고교 야구를 보며 투수의 공의 속력이나 배트에 대해 이런저런 대화를 나누었다.

그들 앞에는 덮밥 곱빼기가 놓였다. 테이블 위에는 얼마든지

가져다 먹도록 오이절임과 단무지가 담긴 사발이 있어, 그들은 그것들을 튀김 위에 올려 호쾌하게 먹기 시작했다. 덮밥은 정말 맛있었지만 어떻게든 빨리 벗어나고 싶은 생각에 초조해하고 있는데, 돌연 시야에 오이절임과 단무지가 등장했다. 놀라서 젓가락질을 멈추었는데, 그들이 내가 집기 쉽도록 사발을 일부러 내 눈앞에 놓아준 것이다. 엉겁결에 머리를 숙이자 내 태도에는 아무런 반응 없이 가게 사람에게 인사를 하고는 나갔다.

이 한 건으로 내 마음속에서 그들의 주식이 급상승했다. 모두가 불쾌한 말을 던지는 것이 아니라 이런 사람들도 있구나 하고 반성했다. 그들이 나를 가만히 내버려두었고, 내게 "드세요" 혹은 "여기에 둘게요" 같은 미묘한 어필을 하지 않고 침묵해줘서 기뻤다. 남자의 친절함을 알게 된 일이었다. 그 이전에도, 그 이후에도 내가 이만큼 감격한 기억은 없다. 나는 남자에 대해 격노한다기보다 한심해서 한숨이 나오거나 어처구니없는 일이 많은데, 그럴 때마다 그때의 일을 떠올리며 이런 사람들도 있으니 한심한 무리들만 있는 것은 아니라며 한줄기 희망을 찾아내려고 한다.

남자의 옷차림

누렇게 바랜 티셔츠, 구멍 난 반바지! 당신 좀도둑이야?

여름철 35도의 무더위에도 하루 종일 외출해야만 할 때가 있다. 올해 여름, 근처에 볼일이 있는지 쨍쨍 내리쬐는 햇볕 아래 동네를 걷고 있는 남자를 몇 명이나 보았다. 내가 살고 있는 지역은 사철연선의 주택지라 고령자도 많다. 고령자는 매일이 여름휴가, 중년은 보통의 여름휴가겠지만 그들의 모습을 보면서 느낀 게 있다. 내 눈에 칠십 대 후반 이상이라 생각되는 남자, 다시 말해 할아버지들의 차림새가 중년 남자에 비해 너무나 좋다.

이곳에 산 지 18년이 되었지만 지금껏 특별히 할아버지에게 관심을 가지진 않았다. 다만 '오래전부터 살고 있는 사람이 많아서 노인이 많네' 정도로만 생각했을 뿐이다.

그런데 무더위 때문에 근처에 나왔음에도 불구하고 골목에 나타난 그들은 캐주얼하지만 지저분한 모습은 조금도 없었다.

'어째서 할아버지들은 이 무더위에도 저렇게 말끔한 걸까.'

나는 굉장히 궁금해졌다.

단독주택에 살고 있는 할아버지들이 크레이프 내의와 반바지 차림으로 정원에 물을 주고 있는 모습을 가끔 보았다. 정원의 그

늘 아래의 의자에 앉아 크레이프 반팔 셔츠에 잠방이 차림으로 부채를 손에 들고 멍하니 있는 모습도 봤다. 하지만 그들은 집에서 3미터 이상 나서면 집에서와 같은 모습은 하지 않는다.

나를 포함한 여자들도 무더운 한여름에는 상당히 심한 모습으로 집 안에 있다. 젊은 여자는 아무렇지 않게 말한다.

"에어컨을 세게 틀어 놓고 알몸으로 있어요. 택배를 받을 때만 원피스를 얼른 뒤집어썼다가 곧바로 벗어버려요."

태연하게 있는 젊은 여자들뿐만 아니라, 나와 같은 중년의 여자들도 집 안에서는 뚱뚱하게 보이든 두꺼운 손발을 노출하든 전혀 신경 쓰지 않고, 가능한 바람이 잘 통하는 옷을 선택하여 브래지어도 하지 않고서 빈둥거린다. 그러나 밖에는 그대로 도저히 나갈 수 없기 때문에 잠깐 역 앞에 쇼핑하러 갈 때도 옷을 갈아입는다. 하지만 중년 남자는 그렇지 않은 것 같다.

'그건 좀……'

고개가 갸웃거려질 정도의 모습을 하고 있는 중년 남자를 몇 명이나 마주쳤다. 모두 나보다 어린, 아직 40대로 보이는 중년 남자들인데도 할아버지들과 비교해 확실히 깔끔하지 못하다. 그들은 하나같이 티셔츠에 짧은 반바지 차림이었는데, 목격한 것 중 가장 심한 사람은 40대 중반으로 보이는 남자였다.

'그 티셔츠, 중학생 때부터 입던 거 아닌가요?'

순간 그렇게 묻고 싶을 만큼, 체형에는 문제가 없는데 이제껏 본 적 없는 낡고 구겨진 티셔츠에 바지 역시 오래되고 구깃구깃한 스웨터 옷감의 반바지를 입고 있었다.

티셔츠는 바탕인 흰색이 칙칙해진 것인지, 원래 베이지였는지 아니면 갈색을 마구 빨아대서 낡고 해져 색이 바랜 것인지 모르나 뭐라 말할 수 없는 오묘한 색이 되어 여기저기 얼룩이 보이고 옷자락에 구멍이 뚫려 있었다. 가슴팍에 있는 녹색의 큰 원 포인트 무늬도 거듭된 세탁으로 곳곳이 벗겨져 있었다. '개구리인가?' 원래는 네 잎 클로버였던 것처럼 보이는 것이, 도대체 무슨 무늬인지도 판명이 안 될 정도다. 옷감이 그런 상태이니 목둘레는 힘없이 축 늘어져서 물결치고, 반팔의 소맷부리와 옷자락은 마치 프릴이 달려 있는 것처럼 늘어졌다.

'그렇게 될 때까지 입는 거예요?'

정말로 그렇게 말하고 싶어질 정도의 물건이었다. 게다가 회색 반바지는 또 얼마나 입었는지 옷자락이 다 닳아서는, 마치 중년 남자가 무릎 위까지 오는 플레어 치마바지를 입은 것 같았다. 바지의 허리끈은 묶지 않은 채로 지저분하게 무릎 아래까지 축 늘어져 있는데도 신경도 안 쓰고 있었다. 손에 지갑이 들려 있는 걸 보니 근처에 뭘 사러 나가는 도중이었던 것 같았다.

스타일 면에서는 점심 전 편의점 앞에서 마주쳤던 남자가 1위였다. 여기저기 늘어진데다 누렇게 변색되어 충분히 폐기할 단계인 하얀 탱크톱에, 아래는 분명 트렁크라 생각되는, 얼마나 빨았는지 색이 다 바랜 빨강 하양 파랑 체크무늬의 짧은 바지. 강하게 내리쬐는 햇볕을 피하려고 머리에 타월을 뒤집어쓰고는 턱 아래에 매듭을 묶었다. 막 일어난 듯한 얼굴의 입가에는 제멋대로 자란 수염이 눈에 띄어 '좀도둑이야?'라고 묻고 싶을 정도였다.

분명 이미 오전 중에 30도를 넘긴 날이긴 해도, 같은 시각 편의점을 방문한 할아버지들이 칼라가 달린 옷에 모자를 착용하고 있는 모습과는 대조되었다. 게다가 중년 남자들은 하나같이 붕괴 직전의 크록스 샌들을 질질 끌고 가는 것도 인상적이었다.

그런 중년 남자들도 일을 나갈 때에는 나름 정장이나 근무복을 제대로 갖춰 입을 것이다. 하지만 평소에는 상태가 아주 심각해 폐기처분이 당연한, 몹시 형편없는 옷을 입고 아무렇지 않게 밖에 나간다. 허리끈을 묶는 것이 귀찮으면 차라리 빼버리면 좋으련만 그대로 내버려두는 모습에 그들의 지저분함과 무신경을 알겠다. 무슨 일이 일어나더라도 똑바로 대응하지 않고 질질 끌면서, 성가신 일이 머리 위를 지나가기를 기다리거나 자신만 좋으면 일이 어찌되든 상관없다고 생각하는 유형의 사람이 아닐까.

'가족들은 저 모습을 보고 말리지도 않을까.'

독신이었다면 말리는 사람이 없겠지만 가족이 있는 경우라면 남편 혹은 아버지에게 어떠한 관심도 가지지 않는 것일까. 아니면 그런 모습으로 외출해도 가족 모두가 아무 느낌이 없는 사람들일지도 모른다. 그 외에도 근처 길거리 패션의 중년 남자를 몇 명이나 봤지만 모두 한결같이 '어머나' 상태였다.

무더위 때문에 모든 게 성가시고 해이해지는 것은 이해가 된다. 와이셔츠에 넥타이를 매고 편의점에 가라는 말은 아니지만, 티셔츠라도 갈아입으면 어떨까. 내가 이제껏 본 칠칠치 못하다고 느낀 중년 남자들 중에서 칼라가 달린 옷이나 폴로셔츠를 입은 사람은 한 명도 없었다. 무늬나 바탕색조차 알 수 없던 이들보다는 낫지만 역시나 목둘레가 축 늘어진 티셔츠다. 티셔츠는 꽉 끼는 새것보다 다소 빈티지한 느낌이 멋있지만, 그들이 입고 있던 건 분명 빈티지함을 크게 뛰어넘어 무더위에 늘어질 대로 늘어난 그들의 표정처럼 지저분함을 강조하고 있었다. 집에서 뒹굴고 있었다고 말하는 듯, 입고 있는 반바지는 옷감 상태가 나빠진데다가 사방으로 구김이 마구 들어가 있었다.

'아, 하다못해 상하의 어느 쪽이든 갈아입으면 좋겠는데.'

티셔츠가 딱 한 장만 있는 것은 아닐 테니, 자신이 가진 몇 장의 옷 중에서 가장 나은 것으로 입으면 될 텐데. 혹시나 그 누더기 같은, 중학생 때부터 입었던 것 같은 그 티셔츠가 그 사람이 가진 것 중에서 제일 나은 것이었다면 나는 "죄송합니다" 사과할 수밖에. 깔끔하지 못한 모습으로 밖에 나와도 전혀 개의치 않는 그들에게도 처자식이 있을 테다. 타인의 남편에게 불평하는 것이 왠지 망설여지지만, 너무나 지나친 그 정도에 놀란 것이다.

추레한 중년에 반해 할아버지들의 옷차림은 깔끔하다. 종일 무더위 속에서도 반드시 칼라가 달린 옷을 입듯, 똥을 치워야 하는 개와 저녁 산책을 할 때마저 같은 모습을 하고 있다. 흰색이나 옅은 블루 셔츠에 카키색 면 반바지, 좀 더 세련된 분은 알로하 셔츠를 입고 있다. 그리고 모자. 가리유시 웨어˚나, 볼로타이까지는 보지 못했다. 가까운 곳에 가면서도, 더욱이 무더운 날씨에도 어째서 그들의 옷차림은 멋있는 것일지 생각해봤다.

할아버지들은 원래 캐주얼 패션은 서툰 세대다. 미유키족˚보

˚ 하와이안 셔츠와 비슷한, 오키나와의 여름용 셔츠.

˚ みゆき族, 1964년 주말에 긴자의 미유키 거리에서 자주 모였다 해서 유래된 이 종족은 주로 미국의 캐주얼 의류를 취급하는 일본 의류 메이커 밴에서 나온 패션에 심취한 대학생들이다.

다도 윗세대이고, 1970년대에 티셔츠가 폭발적으로 유행했을 때도 흐름에 뒤처진 세대라 할 수 있다. 작업복인 정장 한 벌에, 집에서 입는 잠옷만 있으면 그걸로 해결됐을지도 모른다. 하지만 시대가 변하고 잠옷으로 근처를 어슬렁거리는 것이 보기에 좋지 않게 되자, 도대체 어떻게 해야 하는지 고민했을 것이다.

집 안에서는 어떤 모습으로 있든 상관없지만 한 발짝 바깥으로 나와 다른 사람들 눈에 띄었을 때 실례가 되지 않는 옷은 무엇일까. 거기서 역시 칼라가 달린 옷, 예를 들면 1960년대에 유행했던 반소매 와이셔츠가 훨씬 익숙하니, 티셔츠보다는 칼라가 있는 폴로셔츠가 좋다고 한 것일 테다. 그리고 고민이 될 때는 동료를 따라 하면 된다는 생각으로 셔츠나 폴로셔츠가 외출 시 착용하는 의류로 전파됐을 가능성도 있다.

티셔츠가 유행했을 때 베이비 붐 세대나 그보다 어린 나와 같은 세대는 당장 그것을 따라 했지만, 그들은 이미 사회인이 되어 회사에 근무하고 있었다. 남자 패션에 대해서는 잘 모르지만 그 시대의 샐러리맨은 와이셔츠 안에 반드시 속옷을 입었다. 여름철에는 크레이프 민소매 러닝이나 반팔 셔츠, 겨울철에는 V넥의 두 꺼운 셔츠를 껴입었다. 아마 그래서 티셔츠는 속옷이라는 느낌을 떨칠 수 없었던 게 아닐까.

아랫세대는 와이셔츠 안에 속옷 같은 것이 비치는 것을 도저히 보기 싫다고 해서 당시 나와 동년배이던 젊은 사원은 와이셔츠 안에 흰 티셔츠를 입고 다녔다. 그런 모습을 하고 있는 젊은 남자들은 몇 명이나 봐왔지만, 그들 상사인 아저씨들이 티셔츠를 입은 모습은 본 기억이 없다.

그 후 언젠가부터 와이셔츠 안에 뭔가 입는 것 자체가 보기 싫다는 인식이 생기면서 아무것도 입지 않는 젊은 남자들이 늘어 났다. 하지만 안에 아무것도 입지 않으면 땀이 났을 때 등에 찰 싹 달라붙어버린다. 요즘 젊은이들에게 땀은 부끄러움과 같은 의미가 되었기 때문에 최근에는 땀이 빨리 마르는 기능성 소재의 이너를 입고 있을지도 모르겠다.

항상 패션의 유행을 신경 쓰는 남자보다는 무관심한 쪽이 오히려 좋다. 남자 패션지의 모델 같은 모습을 하고 있는 것보다는 지극히 평범한 셔츠에 바지를 입은 사람이 더 낫다. 그러나 사회인이 되었다면, 그보다 한층 더 중년이 되었다면 최소한의 옷차림 예절은 지켜주길 바란다. 갖춰 입은 옷차림의 할아버지들도 집에서는 알몸뚱이로 빈둥거리고 있을지도 모른다. 하지만 바깥에 나올 때에는 신경을 쓴다. 그것이 어른이다.

남녀 구분 없이 캐주얼 지향이 되며 옷차림이 붕괴되었다. 여자는 기본적인 옷차림 예절이 남아 있지만 남자는 일할 때는 어찌됐건 사적인 자리에서는 관혼상제 외에는 깊게 생각하지 않는 듯하다. 누구에게 피해주는 것도 아닌데 상관없다고 할지 모르지만 작은 마음씀씀이가 모든 일에 연결된다고 생각한다.

'나는 누가 뭐라 하든 전혀 신경 안 써.'

그래도 끝까지 되받아친다면 이 아줌마는 조용히 물러날 수밖에.

운동회 결과

운동회를 기다리는 남자, 운동회를 두려워하는 남자

나의 의무교육 시절을 떠올려 보면 머리 좋은 학생보다 운동신경이 좋은 남자가 더 인기 있었다는 생각이 든다. 물론 머리도 좋고 운동도 잘하는 남자가 있었지만 학년에 한두 사람 있으면 많은 편으로 매우 드문 존재였다. 머리가 좋은 남자는 시험 때 진가를 발휘하고, 그렇지 않은 남자는 운동회에서 자신의 존재를 어필했다. 보통의 다른 남자들은 딱히 각광받는 일 없이 담담하게 학교생활을 보냈다.

운동을 잘하는 남자는 대개 성적이 약간 부족했다. 그렇다고 해서 머리가 나쁘다고 바보 취급을 하는 것은 아니었고 체육 시간에는 경의를 표했다.

"K의 철봉과 뜀틀은 정말로 대단해."

얼굴이 원숭이를 닮은 K는 야성이 짙게 남아 있는 것인지, 믿을 수 없을 정도로 발이 빨라서 운동회에서는 대스타였다. 반을 바꿀 때 그와 같은 반이 되면 동급생들이 기뻐할 정도였다.

"올해 반 대항 릴레이는 우리가 이긴다."

성적이 좋지 않아서 보통 때는 교복 깃을 세운 모습이 마치 새우등같이 보였지만 운동회 때 하얀 체육복을 입으면 등이 쫙 펴지며 평상시보다 몸집이 커 보였다. 또 평소에는 아무 말도 걸지 않던 여자들이 "힘내", "너밖에 없으니까" 같은 말을 하는 바람에 그는 당황하여 얼굴을 붉히며 고개를 끄덕였다. 릴레이 마지막 주자라는 중대한 임무를 받은 그는 앞서 달리고 있는 아이들을 앞지르며 열세였던 자신의 반을 멋지게 우승으로 이끌었다. 그날 그는 영웅이었다. 여자들의 멋있다, 대단하다는 격렬한 칭찬에 그는 기뻐했지만 행복은 오래 지속되지 않았고 운동회가 끝나고 일상이 시작되면 다시 새우등의 나날을 보냈다.

한편 성적이 좋아도 운동이 서툰 남자에게 운동회는 가혹한 하루였다. 이 부류는 평소에는 자세가 좋은데, 이날만큼은 어딘지 모르게 불안하다. 수업 중에 선생님에게 지목당하면 시원시원하게 대답도 잘하는데 운동회 때는 말수가 적어진다. 반 대항 릴레이 때도 달리는 모습을 보면 분명히 손발을 제대로 움직이고 있는데도 그 아이만 뒷걸음치는 것처럼 몇 명에게나 추월을 당한다. 필사적으로 몸을 움직이지만 안타깝게도 움직이는 것은 목

부터 상체만으로, 마치 스티비 원더가 노래를 부르며 달리고 있
는 것 같이 얼굴을 좌우로 크게 흔들어 더 늦어지는 꼴이다.

그런 남자의 체육복은 하나같이 새하얗다. 살짝 더러워진 체
육복이 오히려 멋지고 새하얀 체육복은 촌스러움의 극치라는 여
자들의 평가 때문에, 애써 어머니가 표백제를 사용하여 새하얗게
빨아줬을 체육복은 멋을 죽이게 만든 아이템이 되었다.

"왜 저렇게 느려."

그들은 동급생 남자들에게 불평을 들었고 여자들은 말도 걸어
주지 않는 매몰찬 취급을 받았다. 당시의 나 또한 그의 심중을
헤아릴 따뜻함 같은 건 가지고 있지 않았다. 분명 그에게는 가시
방석이었을 것이다.

고등학생 때는 좋아하는 남자 말고는 안중에 없기 때문에 다
른 남자는 누가 발이 빨랐는지 기억나지 않는다. 내가 좋아했던
남자는 검도부 소속으로 모든 것을 그럭저럭 무난히 다루었기에
나는 '무엇을 해도 멋지다'며 만족했었다. 운동이 서툰 남자는 고
교 3학년의 체육대회가 끝나는 순간 한숨을 돌렸을 것이다.

'하아, 이것으로 암흑의 날은 끝이다……'

체대가 아닌 이상 전 학부 및 모든 학생이 참가하는 체육대회
는 없을 테고, 그 후에는 직원 운동회가 없는 회사에 취직하여
전속력으로 달리는 모습을 보이지 않는 한 평생 자신의 뜀박질
이 느리다는 것은 들통 나지 않을 것이다.

어느 날 밤, 텔레비전을 보니 예능인 운동회가 하고 있었다. 중
년인데 의외로 발이 빠르고 몸이 날쌘 사람도 있고, 젊으니까 당
연히 빠를 것처럼 보이던 사람이 굉장히 느린 사람도 있었다. 성
인이 되면 나이 상관이 없이 운동신경이 얼마만큼 남아 있는지에
따라 발의 빠름이 좌우되는 문제처럼 보였다.

가장 놀라운 사람은 사회자인 런던 부츠의 아츠시였다. 살찐
사람은 대개 발이 느린데, 그것을 기준으로 했을 때 그는 호리호
리한 몸이라 민첩해 보였다. 뉴스에서 보기로는 학창 시절부터
여자들에게 매우 인기가 있었고 여러 미녀 탤런트나 유명한 아티
스트와 연인 관계였던 것 같지만 결국에는 옛 애인과 결혼했다.

'분명 그는 학창 시절 운동회에서 영웅이었을 거야.'

아츠시 팀과 료 팀의 두 집단으로 나뉘어 전원 릴레이가 시작되었다. 살찐 사람은 헐떡이고 발 빠른 사람은 순식간에 상대를 앞질렀다. 드디어 마지막 주자인 두 주장의 달리기가 시작되었는데, 나는 그의 달리는 모습을 보고 소리를 지르고 말았다.

"엇, 뭐야!"

그의 체형도 그렇고 여자에게 인기가 많았다는 이야기도 그렇고, 전혀 상상하지 못한 희한한 달리기 방식이었다. 초등학교 체육 수업에서 배운 몸을 앞으로 기울이는 달리기 자세와는 정반대로 상반신이 뒤로 젖혀 있었다. 빨리 달리기 위해서는 손을 전후로 크게 흔들며 허벅지를 올리는 것이 철칙인데, 허벅지를 올려야 된다는 그 부분이 그의 머릿속에 강하게 남아 있었는지 부자연스러울 정도로 허벅지를 올렸다. 달리기 위해 허벅지를 올리는 게 아니라 제자리에서 허벅지만 올리고 있는 듯했다. 발은 앞으로 움직이고 있는데 상반신은 뒤로 젖혀져 그렇지 않아도 희한한데 상반신이 멋지게 추진력을 죽여서 그 사람만 슬로모션 영상 같았다. 그런 상황이니 지금껏 리드하고 있던 그의 팀은 상

대에게 승리를 빼앗겼다. 그는 상당히 느렸다고 생각한다.

다른 장면은 보지 않아서 어땠는지 모르지만 어쩌면 그는 철봉이나 높이뛰기는 잘했을지도 모른다. 그러나 달리기만 못하는 사람은 없을 것이라 생각하기 때문에 전반적으로 운동능력이 서툴 것이다. 달리는 방식은 하루아침에 바뀌는 게 아니니, 그는 아마 그렇게 초·중·고등학교 운동회를 극복해 왔을 것이다. 이런 달리기로도 줄곧 인기가 있었다면 상당히 머리가 좋고 유머가 있으며 여자에게 상냥한 남자라는 생각밖에 들지 않는다.

  그로부터 반년 정도가 지나 다시 개최된 운동회에서 앞서 말한 그의 달리기를 보고 다른 예능인들이 '거유 달리기'라 놀려댔다. 가슴이 큰 여자는 앞에 두 개의 추가 달려 있는 것처럼 달리기 힘든 것은 분명하지만, 그와 같이 뒤로 젖혀지는지는 의문이다. 원래 그는 거유가 아니기 때문에 어째서 그런 자세가 나오는지 모르겠다. 어딘가에서 착각하여 이상한 버릇이 들어버린 것이겠지만 그래도 예능인으로서는 충분히 웃기고 있고 또 지금은 그 모습을 보고 여자가 도망가는 것도 아니니, 달릴 때마다 확실하게 웃길 소재가 있는 그로서는 어떤 문제도 없을 것이다.

발이 느린 남자는 대학이나 회사에 운동회가 없다는 것을 알고 나면 마음을 놓지만 발이 빠른 것이 자랑인 남자는 달릴 기회만 있으면 무조건 참가한다. 장거리 마라톤은 국내외에 다양한 대회가 있어서 참가할 수 있지만 단거리 달리기는 일반인이 참가할 수 있는 대회가 그리 많지 않다. 아무튼 누구보다 달리기에 자신이 있기 때문에 사내 체육대회에서 선수를 모집하면 앞장서서 손을 들어 지원하고, 집 근처에서 연습을 반복한다. 또 아이 학교에서 부모가 참가하는 달리기가 있으면 지난날 각광받던 기억을 떠올리며 그날을 즐긴다. 평소 자신을 바보 취급하던 처자식에게도 한 방 먹이려는 듯 기세가 등등하다. 무엇보다도 자신이 제대로 빛나는 '영광'이 재현되는 날이기도 하다.

그런데 희한하게도 그런 사람들이 오히려 사회인이 되었을 때 운동회의 영광은커녕 창피한 날을 맛보게 되는 것 같다. 아직 이십 대라서 젊거나 혹은 매일 의지를 가지고 운동이나 트레이닝을 하는 사람을 제외하고, 수십 년간 샐러리맨 생활을 보내면 운동 능력의 쇠퇴를 스스로 깨닫지 못한다. 하지만 마음은 젊을 때 그대로인지라 그 정신과 육체의 갭은 엄청나다. 인기 있던 젊은 시절의 기억만으로 중년이 되어서도 먹힐 것이라 착각하고 있는 마음 아픈 아줌마와 같은 구조인 것이다.

정작 당사자는 그 사실을 모르기 때문에 당일에는 의욕이 넘친다. 옆을 힐끔 옆을 보며 소리 없이 웃음 짓는 여유까지 있다.

'이런 놈들은 아무것도 아니야.'

하지만 스타트 신호가 울린 순간, 마음과 달리 발이 따라가지 못해 뛰어나가자마자 넘어지거나, 커브를 돌지 못하고 벌렁 나자빠지고, 발이 뒤엉켜 갑자기 쓰러지기도 한다. 자신이 나자빠지는 모습 따위 상상도 못했기 때문에 정신없이 당황하다가 또다시 발이 엉킨다. 그렇게 100미터 결승점까지 서너 번을 넘어진다. 넘어지는 모습도 어색해서 그 또한 이목을 끈다.

'자, 내가 멋진 모습을 보여주지'라던 생각과는 완전히 정반대의 방향으로 일이 진행되고 만다.

지인 중에 올해 아들이 초등학교에 들어가게 되어 운동회에서

부모가 참가하는 달리기 경주가 있다는 것을 알고 고민에 빠진, 발이 느린 남자가 있었다. 그런 그에게 내가 말했다.

"사회인이 되어 운동회에서 인대가 끊어지고 아킬레스건이 손상되거나 자빠지는 사람은 모두 젊은 시절에 달리기에 자신이 있었던 사람들이래요. 애초부터 달리기가 서툰 남자는 자신이 발이 느리다는 걸 인지하고 있기 때문에 무리하지 않고 자신의 페이스를 지키니까 부상을 당하지 않는대요. 아무리 발이 빨라봤자 부상을 당하면 다 소용없는 일이잖아요."

빠른 발이 자랑인 아버지들이 차례로 넘어진 덕분에 발이 느린 사람이 태어나서 처음으로 1등을 하는 경우도 있다. 솔트레이크시티 동계올림픽의 쇼트트랙 스피드스케이팅 1,000미터 결승전 일화에 대해서도 들려주었다.

미국의 안톤 오노와 강호의 한국 선수들이 금메달을 향해 엄청난 스피드로 선두권 다툼을 하는 가운데, 제일 뒤에서 호주 선수가 타고 있었다. 그런데 앞의 네 명이 충돌하여 넘어지면서 빙상에서 발버둥치는 사이, 메달 싸움에 끼지 못했던 호주 선수가 쭈욱- 결승점까지 내달려 금메달을 획득했다. 자신의 페이스를 지켰더니 행복이 굴러들어온 것이다.

그래, 인생은 이래야지 하며 배를 잡고 웃은 기억이 있다. 분수를 알고 쓸데없는 싸움에 휘말리지 않으니 베스트 상황이 주어졌다. 빠른 발이 남자의 인기 요소라지만 느린 발이 하루아침에 빠른 발이 되지는 않기에 운이 오기를 기다리는 수밖에 없다. 어른이 되면 발이 느리든 빠르든 자신을 분별할 줄 알아야 한다.

그를 격려했지만 그는 여전히 얼굴이 어두웠다.

"아아, 큰일이네, 어떡하지."

운동회가 가까워지자 아이들에게 "아빠는 발이 느리다"고 솔직하게 자백하는 것이 어떻겠냐고 말했더니 그가 우물쭈물했다.

"그 말은 정말로 못하겠어요. 아버지로서 꼴사납잖아요."

남자의 자존심은 이런 순간에도 얼굴을 내민다. 솔직하게 한마디만 말하면 마음이 편할 텐데 그것이 안 된다. 그 암울한 모습으로는 운도 도망가서, 안 그래도 느린 발인데 보기 좋게 벌렁 자빠지지는 않을지 나는 걱정이 되었다.

자신의 머리로 생각해라

그런 놈은 결혼하지 말아야 돼! 아이도 만들지 말고!

예전부터 집에서 가사나 육아 등 집안일을 떠맡은 남편을 칭하는 말이 있었지만 최근에는 여자보다 집안일을 적극적으로 하는 남자가 증가하고, 퇴직을 당하고 재취직을 못해서 아내가 바깥일을 하며 가계를 지탱하고 있기 때문에 별수 없이 주부가 되는 남자들이 많아지고 있다. 예전에는 남자가 집안일을 하면 이런저런 말을 들었지만 요즘에는 당연하게 여긴다. 여자의 역할이라 여기던 육아에 힘쓰는 육아맨도 화제가 되고 있다.

법률상에는 사실혼의 경우에도 남자의 육아휴직을 인정하지만 실상 이를 사용하는 남자는 매우 적은 것 같다. 어쩌면 용인하고 있는 것은 종이 위에서만 가능할 뿐, 육아휴직을 쓰고 싶어 해도 주위의 눈이 신경 쓰여 말하지 못하는 경우도 있다.

"음, 그래요. 육아휴직을 쓰고 싶단 말이지. 이 바쁜 시기에."

상사가 차가운 눈초리로 대하면 아무리 아내와 아이가 중요하다고 해도 육아휴직이 매우 힘든 것은 어찌 보면 당연하다.

꽤 오래 전의 이야기이다. 나보다 연하의 남자였는데 그가 결혼하고 가정을 우선시하게 되자 주위에서 여러 말들이 들려왔다.

그 말들은 모두 나보다 연상의 남자들에게서 나온 불만이었다. 예를 들면 일을 끝낸 후에 술 한잔 하자고 하면 줄곧 함께 해줬 는데 가정이 생기더니 바로 집에 가버린다든지, 부지런히 해오던 연락도 이제는 하지 않는다고 했다. 매우 유능하다고 평가받던 사람인데 그 변화에 주위도 당황한 것 같았다.

"아이가 생기면 아빠도 힘들죠."

여자들은 그렇게 받아들이고 마는데 남자들은 그렇지 않다.

"어째서 가정이 우선인 거야."

그들은 그저 화를 냈다. 내가 상상하기에 그는 일을 소홀히 하 는 것이 아니라 해야만 하는 일에 우선순위를 매기고 있었던 것 이라 생각한다. 그것이 직장 동료들 눈에는 술 약속을 거절하거 나 정시가 되면 곧바로 퇴근하는 모습으로 비춰졌다. 당시 휴대 전화가 보편화된 시대가 아니었기 때문에 연락도 잘 닿지 않아 자신이 그와 만나고 싶을 때 만날 수 없는 것이 마음에 들지 않 았을 것이다. 전화를 해서 '오라'고 말하면 다른 일을 제쳐놓고서 급히 달려오는 것을 당연하게 여겼던 그들은 그렇게 거절당한 것이 매우 불쾌했던 모양이다.

가정이 일순위가 된 그의 귀에는 들리지 않았을지 모르지만 주위의 남자들은 "저 녀석은 안 돼", "저 녀석은 끝났어" 같은 독설들을 날려댔다. 맞벌이 부부라 아내도 힘들기 때문에 남편인 그가 협력하는 게 당연하지 않은가. 일을 하지 않는다면 또 모르겠지만, 착실하게 하는 것으로 충분한데도 남자들은 그렇지가 않았다. 자신도 아이가 있을 텐데 자녀가 태어나서 아내를 도우려는 남자에게는 매우 차가웠다. 그에게 '글러 먹은 놈'이란 낙인을 찍으려는 남자들이 있는 한, 남자의 집안일과 육아에 대한 편견은 사라지지 않을 것이다. 남자가 남자의 발목을 잡는 것이다.

한창 일이 밀려 시간을 내기도 어려웠던 시기에 어떻게든 짬을 내서 회의를 잡은 적이 있다. 그런데 책임자인 여자가 회의에 참석하지 않았다. 볼일이 있을 거라 생각해 그녀가 없는 것에 대해 별로 신경 쓰지 않았는데, 그 자리에 있던 다른 직원에게서 그녀의 불참 이유를 들은 순간 약간 화가 치민 것이 사실이다.

"오늘 아들 운동회가 있어서요."

급한 일이 생겼다는 말을 듣는 편이 오히려 화가 나지 않았을 것이다. 엄마에게 있어 한 핏줄인 아들과 타인인 아줌마들 중 어느 쪽이 중요하냐고 물었을 때 아들을 선택하는 것은 당연하다. 운동회는 일 년에 한두 번이지만 회의는 언제든 할 수 있다. 그녀가 불참해도 아무런 문제도 없음에도 나는 화가 났다. 결혼도 하지 않고 아이가 없어서일지 모르지만, 마음 한구석에서 사적인 일로 일에 지장을 주면 안 된다고 느낀 것일까.

지금이라면 "아, 그래요." 하고 가볍게 넘겼을 텐데, 당시에는 마음에 여유가 없었다고 반성할 뿐이다.

요즘의 젊은 남자들은 집안일이나 육아에 협력하는 데 저항이 없을 거라 생각하고 있었는데 엄마들의 모임에서 젊은 엄마의 뜻밖의 이야기를 듣게 되었다.

"아주 지독한 남편이 있어요."

두 살 된 딸이 고열이 났는데 남편이 출장 중이라 아내 혼자 불안에 떨면서 병원으로 가 밤새 간호한 끝에 딸아이의 열이 내렸다. 겨우 한숨 놓고, 출장에서 돌아온 남편에게 아이가 고열이 낳았다는 이야기를 하자 남편이 하는 말.

"부모로서 실격이야."

"부모로서 실격이라니 뭔 소리야."

내가 화를 내자 그녀도 분개했다.

"그러니까요. '당신은 애 아빠잖아'라고 말하고 싶었다니까요."

도대체 무슨 생각을 하고 있는 거냐며 그 자리에 있던 모든 애 엄마들이 화를 냈다. 남편의 태도에 의문을 가진 사람도 많았다.

"자기는 정말 사람이 좋다고 해야 할지, 멍청하다고 해야 할지. 둔감한 걸지도 모르겠지만."

"그러니 그런 남자와 생활할 수 있는 거 아니겠어."

"나라면 하루로 끝이야."

말투에서 알 수 있듯 남편은 평소에도 아내를 막 대하고 집안 일이나 육아에 전혀 무관심했다. 남편은 바깥일, 아내는 집안일 을 해야 한다고 생각하는 모양이었다. 남편이 중학생 때 아버지 를 여의고 어머니와 두 여동생과 줄곧 생활했다는 말을 듣고 나 는 분석했다.

"하아. 장남에다 집안에 남자라고는 그 사람 한 명뿐이었으니 지나치게 얼러 키웠겠네. 대단한 남자인 것도 아닌데 너무 치켜세워준 거 아니야?"

"저도 그렇게 생각해요. 아무리 그렇다고 해도 아내에게 그런 말을 하면 안 되죠."

남자라는 이유로 오냐오냐 자랐더라도, 여자는 집안일과 육아를 해야 한다고 생각해도 본인이 '남자'로서 제대로 하고 있다면 아직 괜찮다. 그런데 이야기를 들어보니 아무래도 이상했다.

사흘간의 연휴 동안 아내가 딸을 데리고 밖으로 놀러가자고 했더니 남편이 하는 말.

"나는 안 돼. 가족여행 가야 해."

'잉? 가족여행? 나는 아무 이야기도 못 들었는데, 그런 예정이 있었나?'

아내는 어안이 벙벙한데 그는 딱 잘라 말한다.

"아무튼 이번 연휴에는 안 돼."

그가 말하는 가족여행이란 본가의 모친과 두 여동생과 가는 여행으로 아내와 딸은 포함되지 않았던 것이다.

"뭐야 그게-!"

엄마들 모두가 격노했다.

"역시 이상하죠?"

"그 남자, 왜 결혼한 거야? 결혼 생활이 재미있을까."

나는 도저히 이해가 안 됐다.

"맞선이니까요. 여러모로 그 사람도 속셈이 있지 않을까요?"

"자기가 불쌍해. 계속 참을 수 있을지 모르겠네."

"참고 있는 건 아니에요. 멍하니 있으니까."

아무리 아내가 멍하니 있다고 해도 남편의 그런 태도는 있을 수 없다. 그는 자신에게 적당히 맞고, 시키는 대로 하는 성격의 여자와 결혼했다고 생각해서 화제의 육아맨 따위 기세 좋게 날려버리고 싶어 하는 무리일 것이다.

좌우간 엄마들이 이 완전 제멋대로인 남자의 실태를 알아내려고 이것저것 캐물으니 멍하니 있던 그녀가 이야기를 술술 풀어냈다. 그는 확실히 육아에 대해, 아니 가정 자체에 관심이 없었다.

휴일이 되면 아내는 가능하면 아이를 밖으로 데리고 나가 다양한 경험을 쌓아주고 싶었지만 그는 게임에 정신이 팔려 있다. 그녀가 함께 나가자고 졸라대도 눈은 화면에, 손은 마우스에서 떠나질 않는다.

"왜?"

"지금 바빠"

"날 좀 방해하지 마."

기어코 한마디 내뱉고 만다.

"네가 아이 데리고 나가면 되잖아. 나는 집 지키고 있을게."

그 뒤로 아무리 말을 걸어도 답이 없다. 휴일에 남편은 집에서 게임만 하기 때문에 가족이 다같이 외출하는 일은 거의 없다.

또 어떤 날에는 그녀가 집안일을 하고 있는데 아이가 울기 시작했다. 그러자 평소와 다름없이 게임에 열중하고 있던 그는, 일어나서 두 발짝만 걸으면 울고 있는 자신의 아이가 있는데도 기어코 그녀를 부른다.

"어이, 울고 있잖아. 어떻게 해 봐."

놀라서 하던 일을 멈추고 아내가 급히 달려가 보니 남편은 울부짖는 아이를 뒤로한 게임에 필사적이다. 안아줘도 울음을 그치지 않는 자신의 아이에게 시선을 주지 않고 짜증을 낸다.

"시끄러우니까 밖에 좀 나가 있어."

하는 수 없이 아내가 아이를 데리고 밖으로 나갔다가 겨우 진정이 되어 집으로 돌아오니 남편은 밥을 차리라고 재촉을 한다.

"배고파. 빨리 뭐든 만들어 봐."

그래놓고서는 본가의 어머니에게서 전화를 받더니 벌떡 일어나 밖으로 나가버린다.

아내는 엄마들이 모인 그 자리에서 남편의 이야기를 할 때마다 주변을 살피듯이 "좀 이상하죠?"라면서 말을 덧붙였지만 엄마들은 딱 잘라 단호하게 말했다.

"조금이 아니야!"

"나였으면 당장 이혼."

"잘도 참고 사네."

"절대 있을 수 없는 일이야. 멍하니 있지 말고 똑바로 말해."

그녀는 여러 사람의 의견을 듣고 난처한 모양이었다.

"그런 놈은 결혼하지 말아야 돼! 아이도 만들지 말고!"

나도 모르게 무심코 입 밖으로 내뱉어버리고 말았다. 최근 내가 보고 들은 중에서 최악의 남자였다. 요즘 젊은 남자들은 경험 부족으로 미숙한 부분은 있지만, 옛날과 비교하면 따뜻한 성격이라 무슨 일이 있어도 순순히 반성한다. 결혼하면 가족과의 생활에도 협력적인데, 그것이 나는 바람직한 현상이라 생각했다.

그런데 그중에는 육아맨과는 정반대로 역행하는 이런 남자도 있었던 것이다. 아내는 그렇다 쳐도 자신의 아이에 대해서도 애정이 없다는 사실이 정말이지 형편없다.

문제 있는 남자를 만드는 건 여자라는 말이 있다. 육아맨도 오만한 남자가 되는 것도 여자의 책임이 무겁다는 걸 말하는 것이겠지만. 육아맨과 정반대에 있는 남자들에게 말하고 싶어진다. 집안일과 육아를 여자에게 떠맡기지 말고 스스로 하라고!

"너희들도 아버지가 되었으면 어떻게든 자신의 머리로 생각해서 똑바로 해."

호감을 사는 이유

여자는 얼굴이 예쁘면 모든 게 용서 돼!

초·중·고등학교 때는 남녀 모두 외모가 출중한 아이만 인기가 있었다. 학교에 있는 남녀 수를 모두 합치면 총 몇백 명이나 되는데도 취향이 제각각이지 않고 얼굴이나 스타일이 좋은 남녀에게 인기가 집중되는 것이다. 초등학생이나 중학생의 경우에는 좋아하는 여자를 놀리거나 괴롭히는 일이 애정 표현의 하나였지만 고등학생이 되면서는 '좋아해'만이 표면으로 나오게 된다.

미인에게 고백은 못하지만 조금이라도 옆에서 그녀를 둘러싼 공기를 마시고 향기를 맡고 싶어 하는 남자들은 쉬는 시간이 되면 어김없이 싱글거리며 그녀의 뒤를 따라다녔다. 그녀가 선생님의 호출로 교무실에 가려고 하면 페로몬에 유혹되었는지 도중에 뒤를 따라붙는 남자가 늘어났다. 그녀가 교정을 가로질러 건물 사이의 복도를 걷고 있으면 그녀 뒤로 2미터 정도까지는 아무도 없었지만, 그 뒤로는 얼굴에 웃음을 띤 남자들이 몇십 명이나 줄줄 따라 걷고 있었다. 민족대이동 같기도 하고 레밍의 행진 같기도 했다. 그중에는 일부러 친구를 밀쳐서 그녀와 접촉시키려는 무리도 있었다. 자신이 하고 싶은 것을 친구에게 장난처럼 시켜서 계획대로 두 사람의 몸이 부딪히면 분명 "어땠어? 부드러웠어?" 같은 질문들을 해대며 엄한 망상으로 한 달 정도는 즐거워했을 것이다. 그녀가 뒤를 돌아 싱긋 웃기라도 하면 크게 소란을 피워댔다.

"너한테 한 거 아니야. 나보고 웃은 거야."

그들의 연애 대상의 기준에서 처음부터 크게 벗어나 있던 우리들은 그런 모습들을 보며 이야기했다.

"저 아이 한 명에게 저렇게나 많은 남자가 모여 있으니 이쪽으로 돌아오지 않는 게 당연하지. 못해도 50명은 되겠네."

그러자 친구 중 한 명이 말했다.

"근데 쟤들 중에서 사귀고 싶은 애 있어?"

"딱히 없어."

일동 고개를 옆으로 흔들었다.

"그렇지, 별 볼 일 없는 놈들뿐이야."

"맞아, 저런 아무래도 상관없는 놈들이랑은 사귀고 싶지 않아."

"맞아, 그러니까 우리와는 전혀 관계없는 일이야."

이성으로 여겨지지 않는 연애 약자의 정색이랄지, 비뚤어진 마음이란 무서운 것으로 그녀 뒤에 줄지어 서 있는 몇십 명의 남자들을 우리에게는 필요 없는 놈들이라며 잘라버렸다. 그들은 설마 전혀 상대하지도 않는 여자들에게 뒤에서 자신들이 그런 취급을 받고 있으리라고는 상상조차 못했을 것이다. 그리고 레밍들이 그 미녀에게 남자친구가 있다는 사실을 알게 된 순간 사방으로 흩어지듯이 사라지는 모습도 놀라웠다.

고등학생은 아직 성인이 아니기 때문에 외모에 마음이 흔들리는 것이 당연하긴 해도, 조금씩 인간은 외모가 모든 것이 아니라는 것을 배워나간다. 그러나 그중에는 대학생이 되어서도 얼굴만 보는 버릇을 절대로 굽히지 않는 녀석도 있다.

"아무리 형편없는 여자라도 얼굴이 예쁘면 모든 게 용서돼."

'뭐-?'

우리는 어이없었지만 그렇게 기세등등한 것에 비해서 그는 자신의 취향인 여자들에게 모조리 차여 졸업할 때까지 누구와도 모든 것을 허락할 수 있는 관계로 발전하지 못했다. 우리는 자신의 태도에 의문도 가지지 않고 반성도 하지 않은 채 줄곧 기세당당했던 그의 뒷모습을 보면서 속삭였었다.

"용서하고 못하고 할 것도 없었네. 제일 첫 단계조차 돌파하지 못했으니까."

그런 대학생 시절에 '애인을 선택할 때는 이성에게 인기 있는 아이가 아닌 동성에게 인기 있는 아이를 선택하라'는 이야기가 나왔다. 확실히 남자에게 인기 있는 여자 중에는 문제 있는 아이가 많았다. 본인도 자신이 인기가 있다는 것을 알고 있기 때문에 여자로서 자신감이 있었다. 그 자체는 괜찮지만 그것이 말 한마디 한마디마다 엿보여서 진절머리가 났다. 한번은 어떤 성격 좋은 여자가 남자에게 인기 있는 여자에게 칭찬을 했다.

"너의 큰 키가 부러워. 내게도 조금 나눠주면 좋겠다."

그러자 그녀는 단호하게 말했다.

"키는 싫어."

그 말투 탓에 '너 정말 예쁘다, 스타일도 좋고 부러워'가 내포되어 있던 부드러운 분위기는 순식간에 변하여 긴장이 감돌았다.

"키가 작으면 보기 싫잖아. 어떤 옷을 입어도 어울리지 않고."

키가 큰 아이들은 움찔 놀랐고, 물론 나처럼 키가 작은 여자들은 화가 났었다. 그리고 그녀를 중심으로 불쾌한 공기가 둥둥 떠돌았다.

반면에 남자와의 소문은 전혀 들리지 않지만 정말로 마음이 따뜻하고 밝은 품성의 여자들은 많았다. 만약 내가 남자였다면 이런 사람을 애인이나 아내로 선택했을 것이라 생각되는 여자인데도 남자들은 다가오지 않는다.

"누구 좋은 아이 없을까?"

"쟤는 어때? 정말로 따뜻하고 착해."

"음."

하지만 그들은 꺼렸다. 이유가 뭐냐고 물으면 대답은 하나같이 똑같았다.

"착해 보이니까."

"착한 게 뭐가 나빠. 난잡한 여자가 좋다는 거야?"

"착한 애는 사귀고 나면 진지해져서 곤란하잖아. 그런 부분은

이해해주는 아이면 좋겠어."

"진지하게 사귀지 않는다는 게 무슨 의미야?"

"착한 애는 사귀자마자 결혼을 생각하잖아."

"정말이지, 네 마음대로 해."

그 후 남자의 그런 발언에는 관여하지 않기로 했다. 친구들에게 그 이야기를 하자 그들은 이렇게 말했다.

"이렇다 저렇다 말해도 결국 예쁜 여자가 좋은 거야. 예쁜 여자는 자신을 상대해주지 않으니까 심심풀이로 '어디 좋은 아이 없을까' 같은 소리를 해대는 거지."

내가 보기에는 틀림없이 좋은 사람이라서 추천한 여자를 트집 잡은 걸 보니 친구들이 말한 대로 그 남자애는 그런 의도였을지 모른다고 생각했다. 그렇다면 남자가 추천하는 남자는 그들에게 있어 도대체 어떤 사람인지가 궁금해졌다.

꽤 오래 전에 텔레비전에서 남자 예능인 30명 정도가 모여 만일 자신이 여자라면 어떤 남자와 사귀고 싶은지 순위를 매긴 적이 있다. 이전에는 여자들을 대상으로 사귀고 싶은 이성을 조사한 적이 있었다. 그건 뭐 대충 납득이 가는 결과였는데 같은 동성이 순위를 매기는 것은 어떨지, 얼마만큼 여자들과 다른 시각으로 볼지 흥미를 생겼다.

단순히 남자가 본 좋은 남자가 아니라 조금은 이성의 관점이 관련된 순위를 매기는 것이다 보니 처음에는 모두 기분 나빠 하지는 않을까 생각했지만, 그들은 단 한 표밖에 받지 못해도 순위 안에 들어간 것에 기뻐했다.

남자들은 이성에게는 물론이고 동성의 호의에도 순순히 기뻐하는 모양이다. '키스하고 싶은 도톰한 입술을 가졌다', '품에 안기고 싶다'는 등의 노골적인 고백에도 불쾌해하지 않았다.

"후훗!"

오히려 웃으며 기뻐하거나 수줍어했다. 이런 설문조사라도 이성에게 한 표도 못 받는 것보다 동성에게 한 표도 못 받는 쪽이 남자로서는 더 괴로울지도 모르겠다.

조사 결과는 여자가 선택한 것과 거의 같았다. 다소의 차이는 있었지만 완전히 뒤집히는 결과는 없었다. 느낌이 좋다고 생각되는 사람은 남녀 모두 크게 다르지 않구나 하는 생각이 들었다. 그중에 여자들 사이에서는 하위권이었는데 남자들 사이에서는 상위권에 속한 남자가 있었다. 그는 특별히 외모가 뛰어난 타입은 아니고 머리숱도 약간 부족하다고들 말했다. 그에 대해서는 '어떤 환경에 있어도 살아남을 수 있는 생명력이 강하다'는 평가가 많았다. 여자들에게는 순위가 매우 낮았다고 해도 득표수가 제로는 아니었다. 그의 생명력을 간파하고 있던 여자도 극소수지만 있긴 있었다는 것이다.

"모두 고마워요!"

그는 제대로 감사 인사를 하며 정말 기뻐했다. 그런 순수한 모습이 동성에게 호감을 샀을 것이다.

애처로웠던 사람은 남녀 모두의 설문조사에서 한 표도 받지 못한 남자다. 그는 이전에 여자들에게 한 표도 얻지 못했을 때 머리를 긁어대며 한탄했었다.

"내 외모가 엉망이라 표를 못 받는구나."

"싫어하는 원인이 외모라면 괜찮지 않아?"

그 모습을 본 예능인들이 위로했지만 결국 동성에게도 '역시 기분 나쁜 녀석'이라는 낮은 평가를 받고 말았다.

한편 그와 최후의 한 표를 놓고 경쟁했던 사람이 0표를 받지 않은 결정적 평가는 다음과 같았다.

'낙담하더라도 바로 다시 일어서는 성격이 긍정적이고 순수한 면도 있다.'

외모의 취향은 저마다 제각각이고 불쾌해하는 부분들도 여러 가지이지만 역시 결국에는 성격이 밝고 재미있는 사람인지, 성실한지를 중요시하게 된다. 그런 점에서는 동성의 평가가 중요해진다. 그중에는 동성과의 약속은 마구 깨버리지만 이성과의 약속은 확실하게 지키는 사람이 있을지도 모르기 때문에 모든 것을 신용할 수는 없겠지만 말이다.

예능인이 아닌 일반 남자가 추천하는 좋은 남자들을 보면 여자의 눈길을 끄는 외모가 아닌, 정확하게 말하면 수수해서 눈에 잘 띄지 않는 사람이 많다. 그리고 추천인보다도 용모가 약간 부족한 경우가 대부분이다. 연애든 결혼이든 관계를 오래 지속시키고 싶다면 인간적으로 좋은 사람이 호감을 사는 것은 당연하다. 하지만 슬프게도, 동성에게 호감을 얻었다고 해서 무조건 결혼 생활이 순조롭게 이어진다고는 할 수는 없다. 오히려 동성에게 비호감을 사서 친구가 한 명도 없는 남자가 결혼 생활이 평탄한 경우도 있다.

동성에게 절찬을 받는 남자보다 '뭐야, 저 녀석' 같은 질투 섞인 험담을 들을 정도의 사람이 여자에게는 인기를 끌기도 한다. 지나치게 좋은 사람은 여자 입장에서는 두근거림이 없고 자극이 없어 재미없게 느껴질지 모른다. 남녀 불문하고 어딘가 동성을 배반하는 부분이 없으면 이성에게는 인기가 없는 것 같다. 나는 경험 부족도 심하기 때문에 분석은 할 수 없다. 다만 잠깐이지만, 남자는 상대의 내면의 좋은 점은 인정하지만 자신보다 학력, 용모, 지위 등이 조금이라도 우위에 있다고 생각되는 사람은 추천하지 않는 게 아닐까 하는 생각이 들었다.

멋진 할아버지가 사라졌다

할아버지는 타인과의 커뮤니케이션이 너무나 서툴다!

삼십 대에는 또래 남자를 사귀는 것보다 할아버지와 차를 마시며 이야기하는 쪽이 훨씬 즐거울 거라 생각했다. 남자의 허세나 자존심과 친해져야 하는 게 정말 귀찮았기에 '하고 싶은 것은 다 했다'고 말하는 듯한 할아버지 쪽이 함께 하기에 더 편할 거라고 생각한 것이다. 당시 내가 살던 동네는 산책을 가면 젊은 남자보다 멋진 할아버지가 훨씬 많이 보였다. 내가 동네에서 발견한 남자의 뒤를, 20미터 정도였지만, 뒤따라간 것은 그때 한 번뿐이다.

칠십 대 초반으로 보이는 그는 익숙한 줄무늬 평상복에 나막신을 신은 짧은 흰머리의 할아버지였다. 남자들 중에도 기모노를 입고 있으면 간혹 '어때?'라고 뻐기며 거드름을 피우는 사람이 있는데, 그는 양복 차림의 사람들이 북적이는 가운데서도 전혀 위화감 없이 수수했으며, 그럼에도 존재가 눈에 띄었다. 허리띠를 반듯하게 매듭지은 뒷모습도 참으로 멋진 것이 장인의 느낌이 풍겼다. 젊은 남자가 패션잡지를 구석까지 핥듯이 읽고 돈을 모아 화보와 똑같이 스타일링해서 걸어가고 있다고 해도 내 눈을 끌지는 않는다. 스타일이 좋거나 얼굴이 잘생긴 것과 인간적인 매력은 별개의 문제임을 잘 알게 되었으니까. 그 후로는 북적이는 곳에 나올 때면 곧바로 할아버지들에게 눈길이 갔는데, 멋진 사람이 드문드문 보여서 설레는 나날을 보냈다.

그로부터 반년이 지난 후, 새해 정오에 참배도 할 겸 동네를 산책하고 있는데 그 당시 동네에 하나밖에 없던 러브호텔에서 걸어 나오는 할아버지와 맞닥뜨리고 말았다. 그는 옆의 젊은 여자와는 일절 말하지 않고 걸음을 옮겼다. 저만치 간격을 두고 두 사람 모두 시미치 뗀 얼굴로 역을 향해 걸어갔다.

'새해부터 뭐 하는 짓이야.'

나는 화가 났지만 할아버지 입장에서는 새해니까 해버린 것일지도 모른다. 그레이 정장을 입은 매우 단정한 옷차림의 풍채 좋은 할아버지로, 연령은 칠십 대 중반 정도. 상대 여자 또한 확실히 풋내기처럼은 보이지 않았다. 신장은 150센티미터 안팎으로 나보다 작았고, 10센티미터 이상의 하이힐을 신고서 허벅지를 다 내놓은 미니스커트에 스커트와 전혀 어울리지 않는 색의 망사 스타킹을 입고 있었다. 체중은 30킬로대로 보이는 호리호리한 몸으로 윤기가 전혀 없는 뻣뻣한 금발에다, 염색한 머리카락은 엉덩이가 가려질 정도로 길었다. 나는 시치미를 떼며 걸어가는 그를 보고 단숨에 기분이 가라앉으며 이상하게 불쾌해졌다.

요즘에는 남자를 보는 것보다는 동물을 보는 게 훨씬 기쁘고 흥분된다. 못생기고 귀여운 길고양이 아이들을 만나면 온종일 기분이 좋다. 가끔 이래서는 안 돼, 조금은 남자에게도 관심을 가져야지 반성하면서도 밖을 나오면 주인에게 이끌려 나온 개나 담장 위에 얌전히 앉아 있는 고양이에게 어김없이 눈길이 가버리기 때문에 무리해서까지 궤도 수정을 하는 일은 그만둬버렸다.

예전에는 눈길을 끄는 할아버지가 있었지만 최근에는 수확 제로다. 나도 할머니라 불리는 나이에 가까워졌고 할아버지와의 나이 차가 줄어드는 만큼 점점 흥미를 잃어갔다. 젊은 시절의 착각이 깨지고 나이를 먹고서야 사람 됨됨이를 통찰하게 된 것인지, 멋진 할아버지의 비율이 낮아진 건지는 모르겠다. 멋진 할아버지가 되는 것은 힘든 일이겠지만 외모가 매력적인 할아버지가 될 수 있는 가능성은 분명 얼마든지 있다. 미인인 여자는 예쁜 할머니가 되겠지만 그렇지 않은 여자는 귀여운 할머니를 목표로 하면 된다. 그리고 그것은 간단한 일이라고 누군가가 말했었다. 밝은 성격에 다른 사람의 험담을 하지 않는 상냥한 할머니라면 다소 추녀라 하더라도 모두에게 사랑받을 것이다. 하지만 할아버지에게는 그런 활발함이나 상냥함이 부족하다.

옛날에는 이웃 중에 반드시 심보가 고약한 할머니, 할아버지가 있었다. 할망구라 부를 정도로 완고하고 매정한 할머니나 거지같은 늙은이라 할 정도의 할아버지들 말이다. 하지만 지금은 매정한 할망구라 불리며 주위 사람들에게 미움받는 사람이 거의 없지 않을까. 동네 곳곳에 출몰하며 남녀노소 관계없이 마구 호통을 치는 문제의 할머니가 근처에 한 분 있었는데, 나는 길거리에서 친구는 접골원에서 야단을 맞은 적이 있다. 할머니에게 피해를 입은 사람을 보면 근처에 있던 전혀 모르는 사람들이 서로 위로해주었다. 그 할머니는 모두에게 미움을 받았는데 언제부터인지 동네에서 모습을 보이지 않게 되었다. 최근에는 전혀 찾아볼 수 없는 것을 보면 고령이라 외출을 못하게 됐을지도 모른다.

이전에 뉴스에서 이불을 두드리며 이웃을 위협하는 소음 아줌마를 본 적이 있는데 그녀는 할머니는 아니었지만 그대로 방치했다가는 밉상으로 늙을 가능성이 있었다. 악의와 체력의 상승 작용으로 할머니는 매정한 할망구가 되는 것이다.

한편 거지 같은 늙은이는 매정한 할망구와는 비교되지 않을 정도로 여기저기에 서식하고 있다. 작년 말, 평일 오후 전차에서 노약자석에 앉은 젊은 엄마의 무릎 위에 있던 어린아이가 울기 시작했다. 엄마가 아무리 달래도 울음소리가 점점 커지더니 결국에는 비명 섞인 소리가 되었다. 그때 반대편에 앉아 있던 고령의 여자가 일어나서 아이에게 두 손을 내밀었다.

"어머나, 무슨 일이에요."

어린아이는 손을 휘휘 저으며 안기기를 거부했다. 그러자 엄마와 같은 좌석의 구석에 앉아 있던 칠십 대 중반의 할아버지가 큰 소리로 애 엄마를 향해 고함쳤다.

"어이, 당신 내려. 시끄러워서 참을 수가 있어야지, 참."

애 엄마는 죄송해하며 몇 번이나 머리를 숙였다. 나는 약간 떨

어진 곳에서 그 광경을 보며 화가 치밀었다.

'시끄러우면 당신이 딴 데로 가면 되지.'

전차 안은 텅텅 비어 있고 앞뒤 차량에도 공석이 많았다. 큰 가방을 들쳐 메고 유모차를 밀고 애 엄마가 이동하는 것보다 빈손인 그가 이동하는 편이 훨씬 편하다.

할아버지가 고함을 치는 바람에 불에 기름을 붓는 결과가 되어 어린아이의 울음소리는 최대치로 커졌고 실내는 대참사가 일어나고 말았다. 나를 포함해 처음에는 아이 울음소리가 시끄럽다고 생각하던 승객도 할아버지가 고함치는 소리에 자신들이 언제 시끄럽다고 생각했냐는 듯 할아버지를 매섭게 쏘아보았다.

'저 할아버지 도대체 왜 저래. 그건 아니지 않나.'

엄마가 아이를 달래며 짐을 정리해 이동하려고 하는 사이에 실내가 점점 혼잡해지더니 결국 빈 좌석이 없어지고 말았다. 아이는 울다 지쳤는지 소리가 조금 작아졌다.

"그대로 앉아 있어요."

주위에 있던 아줌마들이 말하자 엄마는 다시 정중하게 머리를 숙이며 앉았다. 고함쳤던 할아버지를 불쾌하다는 표정으로 검지를 왼쪽 귓구멍에 박은 채 얼굴을 옆으로 돌리고서 모르는 척하고 있었다. 나는 거기까지 목격하고서 전차에서 내렸기 때문에 그 뒤의 상황이 어떻게 되었는지 모르지만 할아버지도 자신의 자녀나 손자가 성장하는 모습을 봐왔을 텐데, 나이를 먹고 그런 인간이 되었다니 한심하다 생각했다.

며칠 전, 은행을 찾았는데 그날따라 현금인출기 구역이 이상하게 혼잡했다. 수십 명이 줄을 서 있고 맨 끝줄은 출입구 근처까지 달해 있었다. 내 앞에는 젊은 엄마가 오른손을 힘껏 뻗어 큰 유모차를 밀며 왼손으로는 계속해서 휴대전화를 만지고 있었다. 2미터 정도를 점령하고 있는데도 전혀 신경 쓰는 기색이 없었다. 안쪽으로 들어가 줄을 서면 괜히 출입구를 더 가로막게 되기 때문에 어차피 자동문은 완전히 열려 있는 상태고 추운 날도 아니었기에 나는 그녀 뒤에 섰다. 앞이 조금씩 움직이고 있었기에 긴 행렬이 곧 해소될 것이라 생각했다. 2, 3분 정도 지났을까?

"어이, 당신!"

갑자기 고함치는 소리가 주변에 울렸다. 도대체 무슨 일인지 돌아보니 칠십 대 후반의 할아버지가 나를 보고 있는 게 아닌가.

"네?"

깜짝 놀라자 그는 손가락질을 해댔다.

"어째서 그런 곳에 있는 거요. 이쪽으로 바꿔요, 이쪽으로!"

안쪽으로 오라는 것이다.

"거기 서면 출입구를 막아서 창구 가는 사람한테 피해 주잖아."

그는 내 말은 들으려고 하지 않고 야단만 쳤다.

"이쪽으로 바꾸라고!"

이런 유형은 상대를 하고 있으면 굉장히 귀찮은 일이 생기기에 아무 말 않고 무시했더니 그는 짜증을 내며 또다시 고함을 쳤다.

"거참, 그러니까 이쪽으로 오면 된다고 하잖아."

그 순간 다행히도 줄이 움직여 나는 인출기 바로 코앞까지 이동했기 때문에 할아버지가 말하는 대로 하지 않고 끝이 났다. 그는 중얼중얼 투덜대면서 옆 인출기에 있다가 대뜸 큰 소리로 직원을 불렀다.

"어이-, 저기-!"

놀란 직원이 달려가 도와주는데 할아버지는 그를 큰 소리로 꾸짖었다.

"어이, 뭐하는 거야", "좀, 제대로 못하겠나"

기본적으로 굉장히 시끄러운 사람이었다. 잠깐 접촉했을 뿐이지만 자영업을 해온 사람처럼 느껴졌다. 도쿄 사람은 아닌 것 같았고, 지방에서 상경해 지금껏 열심히 살아왔을 테지만 저런 식이면 아내나 주위 사람이 틀림없이 힘들어했을 것이다.

어째서 이런 늙은이는 갑자기 일면식도 없는 타인을 그리도 야단치는 것일까. 대개 야단은 최후의 수단이며, 그렇다 해도 볼썽사나운 행위다. 타인을 나무라는 건 기본적인 대인관계 매너가 부족하다고 말할 수밖에 없고, 자신이 하는 말을 무조건 따르게 하려는 것이다. 그 심리를 모르겠다. 세상 사람은 할아버지의 아내도 자식도 아니다. 그런데도 집 안에서 가족들에게 하듯 구는 것을 도저히 이해할 수 없다.

모르는 아줌마들이 지인이나 가족에게 하듯 "사탕 먹을래?" 묻는 모습은 흐뭇한 마음이 들어 괜스레 내 마음도 기분 좋았던 경험이 몇 번인가 있지만 남자의 경우는 애초에 있을 수 없는 일이다. 지위를 얻게 되었을 때, 평범한 할아버지가 되었을 때의 타인과의 커뮤니케이션 방법이 너무나 서툴다.

옷차림이 좋은데도 불구하고 밖에서 상대가 잘못을 했을 때 그들이 성의를 보이며 사과하는데도 무리한 사죄를 요구하는 늙은이 혹은 예비군 늙은이인 아저씨를 만날 때가 있다. 상대보다 자신이 우위에 있다는 기분에 사로잡혀 사죄 방식의 요구가 단계적으로 확대되는 것을 보면 한마디 해주고 싶어진다.

'누구도 당신을 대단하고 훌륭하다고 생각하지 않아요!'

그런 것조차 모르는 건지 정말로 한심하다.

내가 멋지다고 느끼는 할아버지들은 이미 멸종해버렸거나 그렇지 않으면 내가 모르는 곳에 서식하고 있을 것이다. 서식하고 있는 장소를 알게 되더라도 멸종 위기일 테니 더 이상 나는 수색하러 가지 않을 것이다. 여성스러움은 지극히 제로이지만, 할아버지보다 조류나 동물을 상대하는 편이 훨씬 기분이 풍성해진다.

남자는 다 간다!?

그런 곳에 가지 않고 외모도 성격도 좋은 남자는 없다?

고등학생 시절, 방과 후에 몇 명의 여자들이 모여 좋아하는 남자가 교정을 달리는 모습을 보고 있었다. 그때 한 아이가 불쑥 말을 꺼냈다.

"있잖아, 저 아이도 터키 같은 데 갈까?"

터키 국민에게는 정말로 죄송한 이야기지만, '소프랜드'라 불리는 퇴폐 업소의 이전 명칭이 '터키'였다. 중학생 때 일본의 '터키'가 어떤 곳인지를 알게 되었고, 그것은 확실히 세상에 존재하고 있지만 내 주변과는 전혀 관계없는 곳이라 생각했다.

그런데 친구들은 "그도 터키에 갈까?"라며 한숨을 쉬었다. 짝사랑 중이라 사귀고 있는 것도 아니라서 그런 이야기를 해봤자 아무런 의미가 없는데도, 우리는 '자신이 좋아하는 남자는 어른이 되면 그런 장소에 갈까'라고 하는 큰 문제에 봉착했던 것이다.

"싫어-!"

이것이 대다수 여자들의 의견이었다.

"분명 A는 그런 거 안 할 거야. 그 아이는 성실하다고."

"B도 그래. 여자가 말만 걸어도 얼굴이 빨개질 정도인 걸."

모두들 자신이 좋아하는 남자가 그런 장소에 간다는 건 있을 수 없는 일이라 말했다. 그런 와중에 딱 한 명, 학생회의 부회장을 맡고 있던 두뇌 명석한 여자가 담담하게 입을 열었다.

"아빠가 요전에 회사 사람들이랑 한국 여행을 갔는데 가기 전에도 그렇고 돌아온 후에도 아무래도 태도가 이상하더라고. 아빠가 집에 없는 틈에 책상과 가방을 조사해봤더니 글쎄 매춘관광을 갔다온 거더라고."

당시 한국으로의 매춘관광은 사회 문제가 되었고, 일본인 남자는 참으로 하찮고 형편없는 짓을 하고 있다며 어이없어했다. 고등학생인 우리도 물론 그것에 대해 알고 있었지만 "우리 아빠가 그래"라는 친구의 충격적인 커밍아웃에 다음 말을 잇지 못했다.

그녀는 아빠의 책상 서랍 속에 버리지 않고 놔둔 팸플릿, 전단지 등을 발견했지만 그것을 들이대더라도 '길에서 받은 것뿐이다'고 변명할 수 있다고 생각해서 뭔가 결정적인 증거가 없을까 하고 찾아보니 가방 안에서 빨간 립스틱의 키스마크가 찍혀 있는 카드가 나왔다. 그녀는 취미로 한국어를 배우고 있었기 때문에 고등학교 2학년 때는 이미 한글을 읽고 쓰는 것은 물론 회화도 할 수 있었다. 카드에 적혀 있던 당신과의 밤은 이러쿵저러쿵, 다시 와준다면 기쁠 거라는 문장들로 인해 확신을 가졌다.

'확실히 아빠는 했어.'

그녀는 가족들 앞에서 아빠를 규탄했다.

"뭐야? 이런 걸 하고서 좋다 생각하는 거야? 남자의 수치야!"

당연히 엄마와 남동생도 깜짝 놀라 기겁했다.

"너는 무슨 말 같지도 않은 소리를 하니."

처음에는 시치미 떼던 아빠도 팸플릿과 전단지, 마지막 결정타인 키스마크가 담긴 카드를 눈앞에 들이댄 순간 가족들 앞에 무릎을 꿇고 엎드리며 고개를 조아렸다.

"미안하다, 매춘관광을 갔었어."

"그것뿐이야? 말해 봐!"

딸의 힐문에 그는 해외뿐만 아니라 일본에서도 몇 번인가 그와 같은 곳에 갔다고 자백했다.

그 후로 아빠에 대한 가족의 대우는 집에서 기르는 개 페스보다도 아래가 되었다. 가족 그 누구도 말을 걸지 않았고, 페스도 심상치 않은 공기를 감지했는지 아빠를 의심의 눈길로 쳐다보게 되었다. 엄마는 결혼하고 20년간, 출산 전후 외에는 쉬지 않았던 도시락 싸기를 거부하고 중학생인 남동생의 분노는 예사롭지 않았다. 그렇지 않아도 말수가 적어지는 시기인데 그 일로 아빠와는 완전히 대화가 단절되었다.

세상에 그런 곳이 있다는 것은 알고 있었지만 자신의 가족은 가지 않을 것이라 믿고 있었는데 그녀의 아빠가 갔다.

'설마 우리 아빠도……' '설마 오빠도……'

모두들 가족 중에 성인인 남자의 얼굴을 떠올리며 불신을 키웠다. 문화제에 부모님이 찾아온 적이 있었기에 우리는 그녀의 아빠를 알고 있었다. 이름 있는 명문대를 졸업했다는 이야기에도 납득할 수 있을 만큼 지적이면서도 상냥하고 멋진 사람이었다. 설마 그런 곳에 가리라고는 상상조차 못했다.

"그런 아빠조차 거길 간다면 평소 시시한 말만 해대는 우리 거지 같은 아저씨는 엄청나게 다닐지도 모르겠네."

한 아이는 머리를 감싸 쥐었다.

"의외로 그런 사람은 가지 않을지도 몰라."

커밍아웃한 친구는 한탄하는 그녀를 위로했다. 당시에는 '퇴폐 업소'라는 말은 없었지만 이 일로 인해 가족 중에도 드나드는 사람이 있을지 모른다며, 생각을 바꾸는 계기가 되었다.

남자의 욕망이 있기 때문에 그런 장소가 있다.

'알몸의 예쁜 언니가 있는 곳이 있으니까.'

남자 입장에서는 그렇게 말하고 싶어 할지도 모르겠다. 그렇다 하더라도 가지 않는 남자도 분명 존재한다.

욕망이 마구 소용돌이치는 고등학생 시절 동급생인 여자를 떠올리며 엉큼한 생각을 하는 남자가 있었다.

"닥치는 대로 상상해봤지."

그런 그가 뇌 속에서라도 절대로 건드려서는 안 되는 여자가 있었다고 한다.

"미인이 아니라든지 뚱뚱하다든지, 그런 말이야?"

"아니, 미인이 아니든 뚱뚱하든 그런 건 상관없어. 하지만 분위

기라 해야 할지, 뭔가 그 아이에게는 손을 대면 안 된다는 남자의 본능이 일어나서 상상이 안 되는 아이가 있어."

유명인에 비유한다면 어떤 타입이냐고 물었더니 1980년대를 대표했던 일본의 톱가수 마츠다 세이코라 했다. 그는 마츠다는 안 되지만 프로레슬링 선수인 아쟈 콩이라면 괜찮다고 했다. 그가 피하기 전에 마츠다 쪽에서 싫어하리라 생각했지만 나는 두 사람의 차이가 뭔지 알지 못했다. 남자의 심리는 참 복잡하다.

후일, 시내 모처에서 호객 중인 60대의 아줌마를 발견했다. 러브호텔 앞에 앉아 담배를 피우며 지나가는 남자들에게 날선 눈을 반짝이며 말을 걸고 있었다. 시간은 밤이 아니라 겨우 오전 11시경. 개인 장사를 하는 여자는 여성미를 과도하게 어필하는 요란스러운 이미지일 거라 상상했는데 그녀의 모습은 방금 일어난 것처럼 민낯에 구깃구깃해진 트레이닝복 차림에다 맨발에 샌들을 신고 있었다. 그 자다 일어난 얼굴로 담배 한 모금 중인 아줌마 곁으로 그녀와 동년배로 보이는 한 남자가 가까이 다가가 뭔가 이야기를 나누더니 함께 러브호텔 안으로 들어가버렸다. 그녀에게는 미안하지만 나는 그 모습을 보고 경악했다.

'저런 지나치게 꾸밈없는 나이 든 아줌마도 수요가 있는 건가!'

보통 남자들은 청초한 분위기의 여자가 좋다고 말하지만 그라비아 아이돌이 눈앞에 나타나면 분명 시선을 떼지 못할 것이다. 머릿속에서는 뭘 하든 자기 마음이니 취향의 여자 모두와 깊은 관계가 되는 망상으로 한때의 기쁨에 잠겨 일의 고단함을 치유하며 매일의 즐거움으로 삼을 테지만, 그중에는 누구든 상관없이 이성에게 농후한 스킨십을 받고 싶어 하는 사람도 있을 것이다.

헬스클럽으로 위장한 퇴폐 업소인 패션 헬스, 집이나 숙박업소 등으로 찾아가는 방문형 딜리버리 헬스가 등장한 시점이었을까. 주위 남자들에게 그런 것을 이용한 적이 있는지 물어봤다.

"결혼 전에 동시에 세 명의 여자를 만난 적은 있어도 그런 곳에는 한 번도 안 갔어요."

그런 그의 육체관계 대상은 풋내기뿐이라 했다. 몇 번인가 이용했다는 남자도 있었다. 한 남자는 소프파, 다른 남자는 딜리버리파였다. 후자는 자신의 집에서 하는 것이 흥분된다고 했다.

애인이 있을 때도 이용했는지 물었더니 그에 대해서는 모두 아니라고 대답했다. 일단 애인에게는 배려하는 모양이다. 그중에는 "거지라서 가고 싶어도 못 가"라고 말하는 남자도 있었다.

본인은 그럴 마음이 없어도 술을 마시고 분위기가 무르익어 그곳에 가자는 이야기가 나오면 어떻게 하느냐고 물었더니, 솔직히 말해 난처한 경우도 있다고 한다. 그럴 때는 일단 가게 안으로 들어가지만 여자와 이야기만 나누지 행위는 하지 않고 돌아온다고 한다. 가지 않겠다고 거절하는 것도 눈치 보이고 그렇다고 할 마음이 있는 것도 아니라서 그 방법밖에 없다고 했다. 물어본 사람들 중에서 의외로 그런 사람이 많았다.

"룸에 들어가서 여자와 마주하면 의지가 무너지지 않나요?"

그렇게 물어보니 "나는 딸이 셋이라 어떻게든 마음을 잡죠", "애초에 그럴 마음이 없고, 돈만 내면 이야기만 나눠도 문제는 없어요"라는 대답이 돌아왔다. 하지만 딸이 넷이든 다섯이든, 갈 사람은 틀림없이 간다.

이 결과를, 남자 경험 수가 83명이라고 큰소리치는 어린 친구에게 말하니 그녀는 딱 잘라 말했다.

"거짓말. 남자라면 다 가요."

퇴폐 업소는 남자의 취미의 일부라 생각하기에 가지 않는 사람은 일생 가지 않을 것 같았지만 그녀는 단호하게 말했다.

"가지 않는 놈은 없어요!"

83명과 교제하는 동안 싫었던 기억도 다양하게 있었을 테니 개인적인 원한도 있지 않을까 생각한다.

살면서 지금껏 퇴폐 업소에 출입한 경험이 전무한 남자가 있다. 나와 비슷한 연배의 그는 주위 여자들에게 이상형이 어떤지, 교제하는 남자가 있는지 등을 굉장히 집요하게 물었다. 이상형인 남자의 어디가 좋은지를 세심하게 묻고 늘어졌다. 그렇게 수집한 데이터를 머릿속에서 돌려가며 쌓여 있는 자신의 욕망을 망상으로 해소하려는 속셈이 훤히 들여다보였다. 그럴 바엔 차라리 한 번 가서 풀어내면 될 텐데 하고, 평소에는 그런 곳에 가는 남자를 별로라 생각하던 내 마음 안에도 모순된 감정이 있었다.

제일 꼴 보기 싫은 것은 좋아해서 다니는 주제에 거기서 일하

는 여자들을 '저런 장사하는 여자'라며 하찮게 취급하거나 아내
나 애인에게 다음과 같이 말하는 남자다.

"너는 돈 안 들이고 할 수 있잖아."

이런 말을 들으면 정말 분노가 치민다. 남자에게 '퇴폐 업소'는
놀이 장소이기에 애인이나 아내가 있든 없든 갈 사람은 간다. 여
자 입장에서는 싫지만 아내들 중에는 더러 남편과 하기 싫으니
차라리 바깥에서 해결하고 오기를 바라는 사람도 있다.

남자라면 가지 않는 놈은 없다고 단언했던 친구는 내가 남자
에 대해 아직 달콤한 환상을 안고 있다며 기막혀 한다.

"퇴폐 업소에는 가지 않지만 어둡고 일도 못하는 성격 나쁜 남
자랑 퇴폐 업소를 너무 좋아하지만 외모도 성격도 좋고 일도 잘
하는 남자 중 어느 쪽이 좋아요?"

"그런 곳에 가지 않고 외모도 성격도 아주 좋고 일도 잘하는
남자."라 대답했더니 그녀가 일갈을 날렸다.

"그런 남자 같은 건 없어요!"

아직 나는 남자를 이해하지 못했나 보다.

남자의 금전감각

남자가 돈을 그렇게 사용하는 게 한심하지 않아요?

여자 구두쇠는 살림꾼 이미지가 있지만 남자 구두쇠는 이상하게 이미지가 좋지 않다. 옛부터 '구두쇠는 남자의 체면을 떨어뜨린다'라는 말이 있었고, 남자는 돈을 사용하는 방식도 평가를 받았다. 권력자나 금전적으로 여유 있는 남자에 대해서는 인색하다는 말을 사용하기도 해서 언뜻 들으면 대단한 느낌이 들지만 결국 이 또한 그냥 구두쇠다.

그 반대인 낭비벽이라는 말도 있다. 여자가 쇼핑을 좋아하면 뭐 여자니까 그럴 수 있다 하면서 어느 정도 허용하지만 남자가 쇼핑을 좋아하면 "남자 주제에……."라며 경멸하는 듯한 말들을 하곤 한다. 하지만 돈을 아낌없이 쓰는 수집가 중에는 남자가 많고, 주위에 부담이나 민폐를 끼치거나 경제적으로 파탄을 일으키지 않는다면 인생의 즐거움이니까 괜찮지 않을까 생각한다.

그런 이야기를 젊은 여자와 하고 있는데 그녀가 말했다.

"동료 중에 매일 양복을 바꿔 입는 독신 남자가 있어요. 그것도 그럭저럭 고가의 디자이너 브랜드로요. 도대체 몇 벌의 옷을 가지고 있는지 모르겠어요."

어울리고 안 어울리고를 떠나서 그렇게나 많은 옷을 가지고 있는 것이 신기하다고 했다.

"패션에 관심이 아주 많은 사람 아니야?"

"그렇겠죠. 내가 회사에 들어오고 3년간 그 사람이 같은 옷을 입은 걸 한 번도 본 적이 없어요."

"여자들도 모두 다른 옷에 맞춰 바꿔 입고, 근무복 같은 경우는 남자가 여자보다 필요한 옷가지가 훨씬 적잖아."

"근데 보통의 일반 여자보다 더하다니까요. 여자라면 상의나 액세서리로 분위기가 바꾸고 그것도 공부가 되어 재미가 있지만 그 사람은 매일 다른 옷이에요. 여자는 정장을 사면 보통 2~3년은 입잖아요. 그는 정장도 매번 달라요."

도대체 그가 어떻게 옷값을 마련하는지 그녀에게 물었더니 그 비밀이 바로 얼마 전에 판명되었다고 한다.

그는 좁은 원룸에서 생활하고 있었다. 그의 재정상태가 자꾸만 신경 쓰여 동료 남자에게 슬쩍 떠보니, 그는 회식 자리에 부르면 오기는 하지만 절대로 끝까지 남지 않고 자신이 마신 것만 지불하고 냉큼 도중에 돌아간단다. 점심도 동료들과 함께 먹지 않고 가급적 혼자 패스트푸드로 해결하며 아무튼 옷에만 월급을 쏟아 붓고 있다고 한다.

밥도 제대로 못 먹는지 상사가 내는 식사 때만 식사 후의 술자리까지 참가했다. 즉, 누가 사줄 때는 끝까지 남고 자기 돈을 내야 하는 자리는 중간에 돌아가는 것이다.

"우리와 식사할 때는 제일 싼 것만 주문하면서 누가 낸다고 하면 비싼 것만 주문해서 깜짝 놀랄 정도로 먹어요. 사양 안 해도 된다고 하면 정말로 사양하지 않아요. 분명 그런 식으로 한 번에 많이 먹어두는 거죠."

그 정보를 얻은 그녀가 사내의 여자 동료들에게 이야기하자 지금까지 '보통'이었던 그에 대한 평가가 급격히 '하'가 되었다.

"아무리 멋진 옷을 입고 다녀도 그건 최악이네요."

그와 같은 그룹에서 일을 하고 있는 남자에게서 얻은 또 다른 정보에 의하면, 그는 구매한 옷을 계속해서 가지고 있는 것이 아니라 한 번 입은 후에 인터넷에 올려 모조리 팔고서 새로운 옷을 사는 일을 반복하고 있었다. 옷값은 최대로 가능한 할부 기한으로 카드로 결제해서 늘 지불에 쫓기고 있다고 한다.

"중고 사이트에 보면 저 녀석이 입던 옷이 많이 나와 있어."

동료의 말에 그녀도 시험 삼아 찾아봤더니 확실히 기억이 있는 옷이 몇 벌이나 올라와 있었다. 그때그때 옷을 팔아 돌려막기 하고 있었던 것이다.

"남자가 돈을 그렇게 사용하는 게 한심하지 않아요?"

사람마다 좋아하는 취향이 모두 다르기에 타인이 운운할 문제는 아니지만, 이때다 하고 한꺼번에 먹어둔다는 이야기를 듣고는 남자의 체면을 떨어뜨리는 행위는 역시 꼴불견이라고밖에 말할 수 없다.

집에 회사 동료들을 초대해서 와인과 음식을 대접하고는 슬슬 자리가 끝날 무렵, 자신이 초대했음에도 불구하고 와준 사람들에게 와인을 포함한 재료비를 인원수대로 나누어 징수했다는 독신 남자의 이야기도 들었다. 보통 사람들 평균 급여의 두 배 이상을 벌고 있는데도 말이다. 이것도 정말 대단하네 하고 나는 놀랐다. 개인적으로는 옷을 미친 듯이 사는 남자보다도 이쪽이 싫다. 돈을 받아내고 싶었으면 처음부터 회비를 걷으면 될걸 뒤늦게 동료에게 바가지를 씌우다니, 틀림없이 그곳에 있던 사람들은 깜짝 놀랐을 것이다.

형태가 남는 것에 쓰는 거라면 모를까, 형태가 없는 것에 쓰는 것은 용서가 안 된다는 여자도 있다. 환갑 가까이 된 나는 물건을 늘리고 싶지 않기 때문에 형태로 남지 않는 데 쓰려고 하는데 3~40대의 여자라면 아직은 돈을 사용한 표시가 남는 눈에 보이는 결과를 원하는 것이 틀림없다. 그런 그녀들이 가장 싫어하는 것이 도박에 돈을 쏟아붓는 남자다. 마시는 것은 체력적으로 한계가 있지만 도박은 한계가 없다는 게 이유다.

도박을 좋아하는 남자들은 정말로 끝이 없다. 이걸로 만족이라는 종점이 없다. 가령 큰 건을 했다고 하자. 도박으로 일시적인 득을 보더라도 긴 안목으로 보면 절대 플러스가 되지 않는다. 돈을 손에 쥐면 그것을 모아 두면 좋으련만 또다시 도박에 쏟아부어 결국에는 몽땅 날리고 만다. 바꿔 말하면 돈을 모아 두는 인

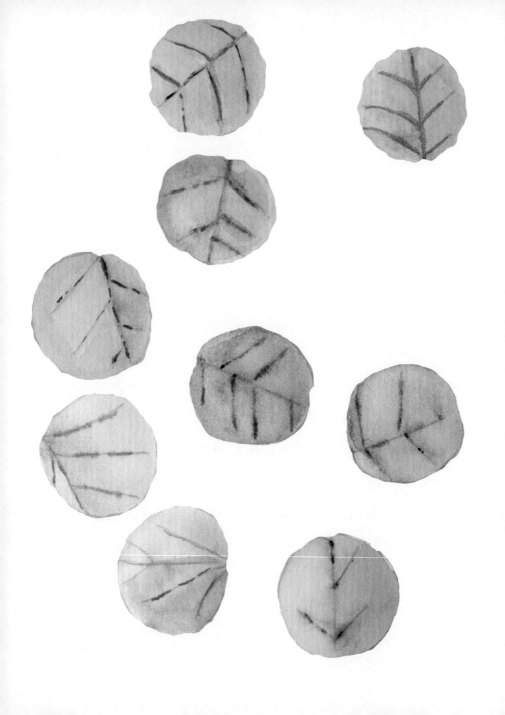

간은 애초에 도박에 빠지지 않는다. 도박이 오락을 넘어서는 순간, 쉽게 그만두지 못하게 되어 문제는 뿌리 깊어지는 것이다.

도를 넘은 도박꾼은 제쳐 두고, 여자도 남자 이상의 수입을 얻게 되었다. 여자 사장들이 돈 쓰는 걸 보고 있으면 이때다 싶을 때 돈을 아끼지 않고 사용하는 모습이 남자보다도 호쾌한 구석이 있다. 회사의 정상에 서 있는 남자 중에는 사전에 자신이 이만큼 출자했을 때 보상이 있는지, 손해되지 않는지를 계산하면서 상대의 얼굴색을 살피는 사람도 있다. 쩨쩨하다. 가령 그로 인해 사업이나 기획이 중지되었다 하더라도 여자의 경우 어쩔 수 없는 일이라며 깨끗하게 포기하는 데 반해, 남자는 '저놈 때문이다', '그만큼이나 돈을 쓰고 돌봐주었는데 은혜도 모르는 놈'과 같이 투덜투덜 언제까지고 불평을 해댄다. 돈으로 모든 것을 사려고 하는 모습을 보면 돈이 있어도 구두쇠 같은 사람이라는 생각에 어이가 없을 뿐이다.

나의 아버지는 자신이 번 돈은 우선 본인이 썼다. 양복이며 카메라며 렌즈를 구입하고, 남은 돈으로 가족이 생활했다.

겨울철에 아버지는 초등학생인 나와 남동생에게 화투를 가르치며 간식인 귤을 내기로 걸었다. 내기에서 져도 나는 단순히 게임으로서 놀았지만 남동생은 귤을 뺏길 때마다 펑펑 울었다. 그게 성가셔서 그가 울 때마다 화를 냈다.

"아, 좀 시끄러워."

귤 정도라면 다행이지만 쥐꼬리만 한 우리의 코 묻은 돈까지 아버지가 손을 댔다는 걸 발견했다. 엄마는 격노했고 자신의 돈이 없어졌다는 소리를 들은 남동생은 온몸이 새빨개지도록 울부짖었지만 나는 아무런 말도 하지 않았다. 다만 아버지에 대해서는 '신용해서는 안 되는 사람'이라는 것을 그 어린 마음에 확인했고, 그 후부터 내 안에서 아버지는 있지만 없는 사람이 되었다.

돈에 대해 칠칠치 못한 아버지를 봐온 탓인지 원래 성격인지 독신인 남동생은 돈에 대해 굉장히 까다로운 짠돌이가 되었다. 나보다 머리가 훨씬 좋아 일부 상장한 기업에 근무하고 있는데도, 암울하고 목소리도 작고 사람의 의견을 듣지 않고 자신의 의지를 관철시키려 든다. 가족임에도 상대하기 매우 힘든 성격이라

나는 뒤에서 그에게 '암울한 짠돌이 동생'이라는 별명을 지었다. 예를 들면 내가 도저히 납득하지 못하는 이야기가 있어 "제대로 설명해"라고 꾸짖으면 아예 무시해버린다. 그리고 그 이상 파고들면 도리어 자기가 화를 내며 일방적으로 내게 호통을 쳐서 문제를 흐지부지하게 끝내려고 한다.

"네가 초등학생이니?"라고 말하고 싶은 걸 꾹 참는다. 오십 대 중반이 대체 왜 저러나 싶다.

돈에 까다롭다고 해서 제대로 하고 있는 것도 아니다. 나는 어머니와 남동생이 멋대로 지어올린 쓸데없이 큰 본가의 대출을 작년 말에야 겨우 다 갚았다. 보증금을 내느라고 저금은 모두 사라지고 전당포에도 다니고 보험도 해약했다. 내 집세를 내면서 15년간 매월 직장인 월급 수준의 대출금을 갚는 일은 정말로 고통스러웠다. 대출이 끝났을 때는 한동안 멍한 상태로, 확실히 한 열 살은 늙었다.

사실 본가의 명의는 3분의 2는 내 것인데 아직까지 열쇠조차 받지 못했다. 대출금을 다 갚았으니 이제는 열쇠를 달라고 말했는데도 무시당했다. 다 갚아주었는데도 '고마워' 그 한마디조차 듣지 못했다. 게다가 남동생은 1층의 자동 셔터가 부셔졌는데도 돈이 아깝다며 고치지 않고 있다. 필요 경비에까지 구두쇠라서 쓸데없이 넓은 정원 손질도 제대로 하지 않고 분명 황폐해진 채로 내버려뒀을 것이다. 집 열쇠가 있으면 내가 상황을 봐서 그에 맞는 대처를 할 수 있는데도, 아무래도 내가 집에 들어오는 게 싫은 모양인지 어떻게 해도 방법이 없다. 내가 정말로 필사적으로 빚을 갚은 집이라 제대로 해놓고 예쁘게 살았으면 좋겠는데, 그리고 내게도 조그만 방을 사용하게 해주면 좋을 텐데 그것을 전부 거절한다.

짠돌이 동생은 본가를 짓기 전에도 집을 지으려면 돈이 필요하다며 수년에 걸쳐 내게 매월 돈을 받아갔었다. 그도 제대로 월급을 받고 있었기에 그 안에서 분수에 맞는 집을 짓고 있겠지 생각하고 있었는데 모든 걸 일방적으로 결정하고서 대출의 3분의 2를 내게 떠넘겼다. '돈 없다'는 소리를 입버릇처럼 해댔지만 남동생의 직장 동료들은 같은 월급을 받아 집을 지어 아이를 키우고 있으니 절대 그럴 리가 없다며 쏘아보았는데, 실은 FX를 했다가 큰 손해를 봤다는 소리를 듣고는 꼴좋다 싶었다.

남동생은 낭비벽이 있던 아버지를 증오했다. 아버지와 아들의 돈 씀씀이가 지나치게 다른 것처럼 보이지만 우리 집의 경우에는 양쪽의 진폭이 너무나도 커서 결과적으로는 겹쳐버린 것 같은 생각이 든다. 낭비벽이 있든 짠돌이든 가족의 돈을 믿고 제 맘대로 하고 자신만 좋으면 된다는 자기중심적인 금전감각은 같다. 겉으로 드러내는 태도만 다를 뿐 근본적인 사고방식에서 핏줄은 못 속인다는 걸 가족을 보며 납득했다.

남자 체면을 떨어뜨리든 말든 양복에 돈을 쏟아붓는 젊은이, 초대해놓고 아무렇지 않게 회비를 걷는 남자, 도박에 빠진 남자 등 그들의 금전감각도 핏줄인 걸까. 애초에 금전감각은 어떻게 길러지는 것일까. 부모나 조부모를 닮게 되는 것일까? 암울한 짠돌이 동생에게 시달리는 나로서는 상대가 죽기 전까지는 자기중심인 그놈에게 휘둘릴 거라 생각하면 진심으로 진절머리가 난다.

구애의 애티켓

좋아하면 어떻게든 될 거야! 어떻게든 할 거야!

아줌마가 되면 젊은 남자를 보고 기분이 젊어지거나 하는 모양이지만 내 경우 전혀 그런 적이 없다. 원래 여성스러움이 낮기 때문에 아무리 올리려고 생각해도 올라가지 않는다. 바닥이 얕은데 많은 물을 담으려고 해도 안 되는 것과 같은 이치다.

내가 유일하게 마음이 평안해지고 치유되는 존재는 젊은 남자가 아니라 동물이다. 정말 좋아하는 동물 사이트 몇 곳이 있어 매일 빼먹지 않고 들어가 본다. 개나 고양이를 보고 있으면 화나던 일도 전부 잊어버리고 깨닫게 되는 일도 많다.

그중 하나인 얼굴이 매우 큰 수고양이의 블로그가 있다. 얼굴과 눈이 똥그랗고 다리도 굵고 짧아서 분명 몸집이 큰 고양이일 것이라 생각하며 전신사진을 보니 그렇지도 않았다. 얼굴만 컸다. 그 얼굴 크기와 항상 멀뚱하게 있는 표정이 정말로 귀엽다. 주인에 의하면 운동 신경이 둔한 모양이다. 주인의 친구가 고양이를 데리고 놀러 왔을 때, 두 마리가 실내에서 추격전을 하고 있는 모습을 봤더니 쫓기고 있는 중인데도 바로 추월당하고 말았다고 한다. 그런 모습도 사랑스럽다.

그 남자 고양이는 주인의 친구가 데려오는 고양이들 중에서
아주 귀여운 여자 고양이를 마음에 들어 한다.

너무 좋아해서 '좋아해-'라고 말하는 듯한 눈빛으로 여자를 쳐
다보지만 정작 여자는 그에게 전혀 흥미가 없다. '좋아해-'의 눈
빛으로 바싹 다가갔다가 여자에게 호되게 혼만 난 모양인지 눈
에서는 애정광선을 내뿜으면서도 여자와 일정 거리를 유지하고
있는 것이 또한 애처롭다.

여자가 앞발을 구부리고 앉아 몸을 웅크리고서 유유자적하고
있는데 그곳으로 그가 다가간다.

'너는 여기까지만 다가와.'

여자가 설정해놓은 그 일정 범위를 침범하지 않도록 약간 떨어
진 곳에 자신도 똑같이 앉는다. 하지만 얼굴은 계속해서 여자만
바라보고 있다. 한편 여자는 전혀 그에게 관심을 보이지 않고 자
신이 하고 싶은 대로 방 여기저기를 돌아다닌다. 그래서 남자는
일정 거리를 유지하며 애정광선을 발사하면서 따라다닐 뿐이다.

어느 날 여자가 침실 한쪽 구석에서 유유자적하고 있었다. 편

안한 표정인데 그가 그녀 곁으로 바짝 다가갔다. 너무 좋아서 참을 수 없다는 듯이 눈을 똥그랗게 하고서 옆에 있는 여자의 얼굴을 계속해서 바라보고 있는데 그녀는 알아채지 못했다. 그런데 그의 존재를 느낀 순간, 그때까지 아주 귀여운 표정을 짓고 있던 여자의 눈동자가 위로 치켜떠졌다.

'악, 저 녀석 여기 있었어?'

그녀 입장에서는 그저 놀란 순간이었을 것이다. 그렇다 하더라도 그 귀여운 똥그란 눈이 흰자위로 가득해지는 것에는 놀랐다. 눈을 위로 치켜뜬 고양이의 모습을 처음으로 봤다. 결정적 순간을 놓치지 않은 주인의 촬영 기술에도 감탄했지만 표정이 싹 바뀌는 여자의 태도에 너무나 놀랐었다.

그 이후에도 가까이 오면 혼이 났기 때문에, 의자에 여자가 누그러져 있자 그는 의자 아래로 들어가 앉아 눈알을 위로 하고서 물끄러미 그녀를 살피고 있었다. 여자는 변함없이 그에게는 눈길조차 주지 않았다. 그런 남자의 모습을 보고 있으니 슬퍼졌다.

'이렇게 귀엽고 얌전한데 어째서 그렇게 싫어할까? 어디가 싫

은 걸까?'

눈앞에 그 여자가 있으면 설득을 해볼 텐데. 하지만 흰자위로 가득한 사진을 물끄러미 보니 그 여자가 뭐라 말하는 것 같았다.

'어이, 이것을 인간으로 바꿔 생각해 봐.'

인간의 눈에는 귀여운 남자 고양이라 할지라도 고양이 세계의 여자의 눈으로 보면 '켁' 할 대상일 것이다. 개와 달리 고양이는 궁합이 좋은 아이를 찾는 일이 힘든 모양이다. 하지만 내가 맘에 들어 하는 그 남자 고양이도 그녀 말고도 궁합이 좋은 여자를 발견할 가능성은 있겠지만 지금 주변에 없다는 것이 불쌍했다.

두 마리의 관계를 알게 된 사람, 특히 남자는 이런 코멘트를 남기기도 했다.

'포유류 남자는 슬프군.'

그럴지도 모른다. 지금은 여자도 적극적이고 먼저 남자를 유혹하는 일도 보통이니까, 차이고서 풀이 죽는 쪽이 더 이상 남자만은 아니게 되었다. '적극적인 여자'가 전혀 없던 시대에는 꽤 인기 있던 사람은 제쳐 두고, 지극히 평범한 남자는 애인을 만들거나 일생의 반려자를 찾는 일이 힘들지 않았을까. 맞선이라는 방법이 있지만 그 자신의 문제가 아닌 조건으로 판단되는 것은 분명 '싫다'고 거절당하는 것보다 힘들었을 것이 틀림없다.

나보다 연상인 기혼 남성들에게 아내를 만나게 된 계기를 알아봤다. 학생 때부터 친구였거나 소개, 맞선, 모친이 마음대로 데려온 여자, 친구의 형제 등 다양했다. 다만 옛날에는 남녀가 각각 분리된 학교가 많아 고등학교를 졸업할 때까지 학교 직원이나 선생 외에 학교에서 여자를 접할 기회가 없었던 사람도 많았다.

"통학하며 다른 학교의 여학생을 볼 수는 있지만 학교에 가면 남자들뿐이잖아요. 대학에 가면 같은 건물 내에 여자들이 많으니까 기분이 한껏 날아오르죠. 대학 신입생 때는 거기 있는 여자들 모두 내 애인이 될 가능성이 있다는 되도 않는 착각을 하곤 했죠. 바보같이."

그의 아내는 대학 동기였다. 이 사람을 놓치면 평생 연애도 결혼도 못 할 것 같은 느낌이 들어 필사적으로 마음을 붙들어 맸다고 한다.

아무튼 그들은 여자와 접촉할 기회가 있으면 절대로 그것을 놓치지 않았다. 초대받지도 않고 내용에 흥미가 없어도 단순히 여자에 대한 흥미 때문에 여자가 참가하는 모임이 있으면 우르르 몰려가기도 했다. 아무튼 눈앞에 나타난 여자가 자신의 취향이면 물론이거니와, 그렇지 않아도 성격이 좋아 보이면 관계가 끊기지 않도록 아무렇지 않게 '나 여기에 있어'라고 어필했다.

남자가 그렇게 열성을 다해도 여자는 그를 그저 친구, 또는 거기까지도 가지 않는 지인으로 생각하는 경우가 많아서 연락을 해도 전혀 답장이 없어 애태우다가 그녀에게 애인이 생겼다거나 혹은 이미 결혼을 해서 임신 중이라는 충격적인 사실을 알게 되는 일도 자주 있었던 모양이다. 그러면 처음부터 다시 시작했다.

모친이 멋대로 지금의 아내를 끌고 나왔다는 남자는, 고향에 있는 모친에게서 이십 대 후반부터 집요하게 독촉을 받았다.

"아직도 결혼 안 할 거니?"

결혼 생각이 전혀 없던 그는 모친의 말을 무시하면서 그렇게 서른아홉을 맞이했다. 회사가 쉬는 토요일, 아무런 예고도 없이 모친이 상경하여 아파트 방에 들어왔다. 자고 있던 그가 깜짝 놀라 벌떡 일어나자 모친은 이불 속과 벽장을 뒤지기 시작했다.

"훗, 여자는 없네. 너, 내일 맞선 보니까 정장 준비해라."

뜬금없이 한마디 던지고 모친은 자신이 묵고 있는 호텔로 급히 돌아가 버렸다.

자신이 무엇을 해야 하는지 생각할 여유도 없이 이불 위에서 팬티만 입은 채로 멍하니 있다가, 순식간에 다음 날이 되어 또다시 무서운 기세로 찾아온 모친에게 질질 끌리듯 따라간 호텔에서 한 여자를 소개받았다.

"그게 지금의 아내예요."

맞선이라는 것은 결혼을 전제로 얼굴을 마주하기 때문에 양쪽의 마음이 정리되면 이야기는 일사천리로 진행된다고는 하지만, 그의 경우에는 굉장한 회오리에 휩쓸려 놀랄 새도 없이 정신없이 빙글빙글 돌다가 회오리가 지나가고 무심코 옆을 봤더니 아내가 될 여자가 있었다는 느낌이 들었다. 그래도 몇십 년이나 부부로 원만하게 보내온 것을 보니 인연이 있었나 보다.

예전에는 '남자는 결혼하지 않으면 어른이 아니다'라고 하면서 신용을 받지 못하는 풍조도 있었기 때문에 남자가 여자를 한 명 확보하는 것도 힘들었을 것이다. 우물쭈물하고 있다간 나이에 어울리는 여자들이 차례로 사라져 다른 남자의 아내가 돼버리고 만다. 요즘에는 연상의 여자를 아내로 맞이하는 남자도 많지만 내가 어린 시절에는 아직 없었다. 아무리 좋아한다 해도 연상의 여자는…… 하고 경멸하는 기색의 말들을 듣기도 했다.

그에 비해 지금은 끝없이 번식을 반복하지 않으면 안 되는 혈족 이외에는 대단히 관대해졌다. 속도위반 또한 버젓이 통용되고 있고, 여자 쪽에서 프러포즈를 하는 커플도 있다. 독신이라 해도 뭐라 하지 않고, 집안일을 하는 데도 옛날만큼 어려움을 겪지 않는다. 그보다 교제하던 시절의 태도와는 정반대의 모습으로 싹 바뀐 아내에게 경제권을 빼앗겨 자유도 없는 자신의 미래가 뻔히 보이는 것보다는 독신으로 마음 편하게 사는 것이 좋다고 생각하는 남자가 있는 것도 당연해졌다.

그래도 동성을 좋아하는 조합의 사람들은 제외하고 여자에 대해 호의를 가지지 않은 남자는 없을 것이다. 나에게 남자 고양이처럼 열렬하게 '좋아해-' 광선을 쏜 사람은 없었지만 인기 있는 친구 말에 의하면 좋아하지도 않는 남자에게 열렬하게 생각되는 것은 정말로 달갑지 않다는 것이다. 호의를 가지고 있다는 것을 알게 되면, 아무리 자신은 그런 마음이 없어도 매정하게 대할 수 없고 괜히 기대를 갖게 하는 것도 오히려 실례라며 그녀는 진지하게 고민했다. 결국 애인이 생겨 그 핑계로 거절할 수 있었지만 그런데도 아직까지 집요하게 구애하는 남자가 있다고 한다. "그놈과 내가 다른 점이 뭐야"라며 추궁을 당하기도 했다.

'전부 다!'

그녀는 그렇게 말하고 싶은 것을 꾹 참고서 연락하지 말라는 말밖에 할 수 없었다고 했다.

"곤란하니까 더는 연락하지 마세요."

주위에서 아무리 좋은 남자라 인정해도 구애받는 여자가 마음에 들어 하지 않으면 아무 소용없다. 요즘의 젊은 여자는 단호하기 때문에 정에 얽매이는 상황은 거의 없다. 일편단심이라 해도 그녀에게 마음이 전해지지 않는다는 접근법이 잘못되었든가, 근본적으로 좋아하지 않든가 둘 중 하나다. 열심히 하고 있으니까 어떻게든 될 거라고 생각하겠지만, 좋아하지 않는 남자 고양이가 있다는 것을 알아챘을 때의 예쁜 여자 고양이가 돌연 눈을 위로 치켜뜬 것을 보면, 고양이와 인간의 남자를 동일시해서는 안 되지만 무리도 아니라는 생각이 들었다. 분명 그 남자 고양이는 그녀가 집에 놀러올 때마다 똑같은 짓을 반복하여 미움을 받고 있을 가능성이 크다. 동물은 직구만 던지기 때문에 어쩔 수 없다.

작정하고 여자에게 구애했다가 거절당하면 굉장한 상처를 입는 것은 당연하다. 자존심 문제도 있기에 복잡한 정신 상태에 빠질 것이다. 반면 여자는 큰 소리로 울어버리거나 여자들끼리 마구 수다를 떨며 먹고 마시면서 괴로움을 달래면 금방 일어날 수 있다. 여성스러움이 적은 내가 하는 말이기는 해도, 인간의 경우에는 좋아하면 어떻게든 될 거라는 혹은 어떻게든 하겠다는 마음을 버리고 남자라면 깨끗이 포기하고 물러나 밝은 마음으로 다른 상대를 찾는 게 가장 좋은 상책인 것 같다는 생각이 든다.

정신적 서열다툼

남자는 절대 졌다고 생각하지 않는다!

남자는 동성을 대할 경우 첫 대면에서부터 '이 자식은 이겼다'는 센서가 무의식중에 작동하는 모양이다. 이 사실을 내게 가르쳐준 한 여자는 자신의 남편이 그렇게 말했다고 한다.

"졌다고 말한 적은 없어?"

"거의 없는 것 같아요. 옆에서 보기에는 완전 지고 있는 것 같은데, 자기들끼리는 상대보다 낫다고 생각되는 부분을 수시로 찾으면서 우월감에 빠지는 모양이에요."

남자뿐만 아니라 여자도 사람을 만나자마자 머리끝에서 발끝까지 체크하는 사람이 있다. 본인은 자각하지 못하겠지만 당하는 쪽은 상대의 시선이 위아래로 움직이는 걸 보고 자신을 훑고 있음을 알게 되는 것이다. 다른 사람을 위아래로 훑는 습관은 상대의 옷차림이나 메이크업 또는 구두 등 신경 쓰이는 뭔가가 있기 때문에 그런 습관이 생기고 말았을 것이다.

여자는 자신을 완벽하다고 생각하는 사람이 거의 없다. 예쁘고 스타일 좋은 여자라도 자신의 결점을 자각한다. 자신이 가지지 못한 것을 지닌 사람을 부러워하고 그것을 갖기 위해 노력한다. 그 사실을 입으로 내뱉든 아니든 간에 모두 콤플렉스를 자각하고 있는 생물인 것이다. 하지만 남자는 그렇지 않은 것 같다.

자만하더라도 그래, 저 정도면 자만할 만하다고 모두가 납득할 미남이 아닌 지극히 평범한 외모임에도 자신은 누구에게나 먹힌다며 자신만만해한다. 스스로에게 자신감이 없는 것도 싫지만 과한 자신감을 가진 사람은 곤란하다.

자신감이 넘치는 남자들끼리 이야기를 나누면 그들은 앞다투어 자랑을 늘어놓는다.

'내가 얼마나 인기 있느냐면…….'

그것도 현재가 아닌 중학생 때의 이야기다. 실제로 당시에는 인기가 있었겠지만 자신만만인 그는 그 인기가 중학생 시절뿐 아니라 현재까지 계속해서 이어지고 있다는 착각을 하고 있다. 중학생 시절 여자들이 좋다고 치켜세워준 자신이기에, 이것이 삼십 대를 지나 사십 대가 되어서도 변함없이 계속되며, 지금은 애인이 없지만 자신은 아무리 나이를 먹어도 언제나 인기 있는 남자라는 것. 그 착각이 그에게는 주위에 있는 동성에 대한 승리

포인트가 되는 것이다.

중학생 때 굉장히 미남이었다고 해서 중년이 되어서도 미남을 유지하고 있다고는 말할 수 없다. 오히려 미남을 유지하고 있는 사람은 적다. 그보다도 당시에는 눈에 띄지 않던 사람이 어른이 된 후 그때까지의 경험이나 노력이 결실을 맺어 깜짝 놀랄 정도의 미남이 되는 경우가 많다. 대기만성형으로 중년이 되고서 인기가 대단한 케이스도 있지만, 그의 경우 확실히 그건 아니었다.

줄곧 인기가 없었던 남자는 자신의 용모를 진지하게 관찰하기 때문에 정직하게 자신을 판단하고 있는 경우도 많다. 다만 필요 이상으로 스스로를 비하하거나 동성에 대한 질투가 심해져 가는 모습을 보면 격려를 하고 싶어진다.

'신경 쓰지 마. 잘생긴 외모라고는 말 못하지만 구렁텅이에 빠질 정도로 심한 것도 아니잖아. 내면의 장점에 노력해.'

문제는 사소한 점에도 우월해하는 남자다. 이를테면 적당한 키와 몸에다 머리숱도 지극히 보통인 남자가, 상대의 적은 머리숱을 보고 그것만으로 자신이 '이겼다'고 생각한다. 상대가 배가 나오거나 키가 작고 학력이 낮다는 데도 우월감에 빠진다. 그런데 '나보다 아래'라는 평가를 당한 남자 또한 상대를 깔보고 있다.

'나보다 콧구멍이 넓어.'

'일을 진행하는 방식이 서투르네.'

겉으로는 생글생글하게 대하지만 실제 속마음은 양쪽 모두 '이겼다'고 생각하고 있는 것이다. 보통의 여자는 상대에 대해 자신보다 뛰어난 부분, 멋진 부분을 보는 것 같다. 그러나 남자는 상대의 장점보다는 결점을 체크하는 존재다. 확실히 수컷은 생물학적으로 자신이 더 강하지 않으면 당하고 말기 때문에 조금이라도 플러스가 되는 부분을 발견하여 자신을 북돋는다.

첫 대면인 상대와 치고받고 서열다툼을 할 수는 없으니 정신적인 서열다툼을 하는 것이다. 첫 대면의 인사를 하고 지극히 평범한 어른으로서 대화를 나누면서도 마음속으로는 상대에게 '이겼다'며 자신이 우위라 생각하고 있다는 것이 흥미롭다. 이런 이야기를 남자들에게 물어봤자 실제로는 그렇게 하고 있더라도 아니라며 손사래를 칠 것이다.

"그렇지 않아요."

그들은 순간적으로 '이겼다'는 느낌만으로 상대의 전체 인격을 부정하는 것은 아니다.

며칠 전, 라디오를 듣는데 남편을 꽉 잡고 사는 여자의 남편 조종법에 대해 여자 디제이가 말했다.

"아무튼 남자들이란 어떤 남자든 간에 칭찬하고 또 칭찬하고, 지나치다 싶을 정도로 칭찬하면 돼요. 그러면 제대로 하니까."

'역시!'

나는 그 말을 듣고 납득이 갔다. 그런 생물이라면 동성들 사이에서 자신을 가능한 우위에 두고 스스로를 칭찬하고 싶어 하는 것도 수긍이 되었다.

남편을 쥐고 사는 여자들은 자신과 전혀 관계없는 남자는 무서워하지만 남편을 잘 다루는 이른바 남편 조종법은 능숙하다. 그런 아내가 싫다면 분명 당장 이혼할 텐데 부부 사이는 나쁘지 않다. 남편도 아내의 행동을 인정하고 있는 것이다. 남편의 급소를 잘 찌르면서 언제나 좋은 느낌으로 말하는 것은 인간의 심리

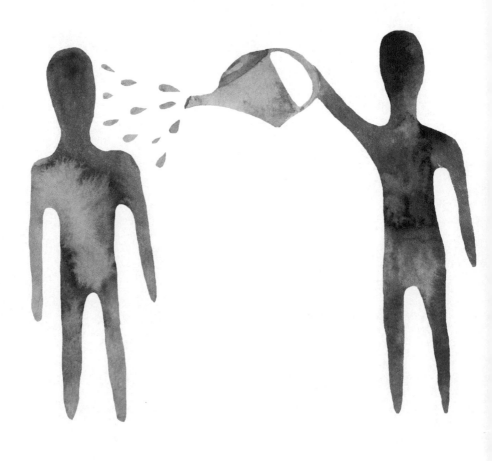

를 읽는 데 뛰어나야 하고 재치가 없으면 안 되는 것이다. 특히 아내가 남편의 일에 참견을 하는 것은 매우 어려운 일이라, 남편을 조종하려면 자신의 마음과는 반대로 말할 필요도 있다. 서로 인격이 다르기 때문에 자신의 생각을 꺾는 부분이 없으면 남편을 계속해서 칭찬하는 일은 무리라고 생각한다.

나는 그것이 아무리 해도 안 된다. 칭찬할 이유가 있을 때는 제대로 칭찬하지만 이유도 없는데 뭐든 칭찬할 수 없다. 편견이 있다는 것은 충분히 알고 있지만, 남자들 중에는 안타깝게도 그만큼의 도량이나 능력이 없으면서 칭찬을 받으면 바로 유세를 부리는 사람이 많다. 순수하게 받아들이고 앞으로도 성실하게 노력하려는 순박하고 겸허한 성격이라면 괜찮지만, 조금 칭찬받은 걸로 타인에게 거만한 태도를 취하기 시작하는 것이다.

그런 사람은 같은 인간으로서 정말로 한심하게 느껴진다. 그중에는 겉으로는 겸허한 태도를 취하지만 실제로는 매우 오만한 부류도 있기 때문에 그 부분의 확인도 어렵다. 만약 내가 아내였다면 칭찬해야 하는 일은 칭찬하지만 잘못된 부분은 확실히 추궁하여 지적할 것이다. 한 역술인이 젊은 시절 결혼도 안한 내게 내놓은 점괘가 생각이 난다.

"당신은 결혼운이 거의 없는데다가 결혼하더라도 이혼이나 바람 수가 있을 팔자요. 그 원인은 모두 당신이 만들고."

이런 성격으로는 분명 그럴 것이다. 가끔 칭찬하지만 "그건 아니잖아요"라면서 냉정하게 이치를 따지며 질책하다가 결국 애정을 소진하고서 바람을 피우는 아내라. 정말 최악이네. 정말 나는 결혼에 맞지 않는 여자다. 혼자이긴 해도 남자를 불행하게 하지 않아서 다행이라며 한시름 놓았다.

도토리 키 재기 속에서 우열을 가리는 것이 아니라, 모든 면에 있어 확실하게 완패일 수밖에 완벽한 남자가 나타난다면 어떨까. 그래도 자신이 '이겼다'고 우월감에 빠질 수 있는 부분을 찾을 수 있을까. 여자에게는 그야말로 아주 큰 인기를 얻고, 젊은 남자들 사이에서도 닮고 싶은 얼굴로 동경을 받고 있는 배우 겸 가수 후쿠야마 마사하루처럼 외모도 성격도 좋고 지성도 교양도 있는 남자가 눈앞에 나타난다면 어떻게 될까. 외모나 체격으로는 이기지 못하니까 자잘한 부분까지 트집을 잡아 결점을 마구 찾아댈 것인가. 사소한 하자조차 발견하지 못하면 '분명 여자를 번갈아 치울 것이 틀림없다'든지 '겉만 번지르르해서 여자와 침대에 들어가도 정작 중요할 때는 도움이 안 될 거야'라며 아무런 근거 없는 망상을 해댈 것이다.

'나는 여자에게는 한결같고 언제든 만반의 준비태세니까.'

자신의 망상을 근거로 우월감에 빠져드는 것이다. 그렇게 해서 자신을 북돋우지 않으면 마음이 안정되지 않을지도 모른다.

꽤 오래전 일인데, 회사의 요직에 있던 사십 대 후반의 남자가 어느 날 내게 물었다.

"저기, X씨 본명 알아?"

X씨는 외모도 성격도 좋고 업무평가 또한 대단히 높아서 나무랄 데 없는 남자다. 모른다고 대답한 내게 작은 소리로 속삭이며 웃어댔다.

"그의 본명은 ○○○야."

"아."

내가 놀라 가만히 있으니 그는 기쁜 듯이 말했다.

"완전 이미지 깨지?"

"확실히 외모와 위화감은 있지만 어떤 이름이어도 그는 그니까 관계없잖아요."

순간, 그는 얼굴을 찌푸리더니 작게 중얼대며 지나갔다.

"그런가, 제기랄."

그는 X씨를 한 수 위로 인정은 하면서도 남자뿐 아니라 여자에게도 평가가 좋은 것이 아주 꼴 보기 싫었는지 어떻게든 그의 인기를 떨어뜨릴 방법을 찾고 있었다. 그가 내게 특별한 감정이 있어서 말한 것이 아니라 지인들을 발견하면 무조건 X씨의 본명에 대해 떠들며 네거티브 캠페인을 펼치고 있었던 것이다.

그 남자도 나름 지위 있는 사람이라 거짓말은 하지 않겠지 싶어서 나는 그가 말한 X씨의 본명을 믿고 있었다. 그런데 진실은 그게 아니었다. 질투한 나머지 제멋대로 X씨의 이미지가 다운이 될 만한 이름을 생각해내서 여기저기 떠들고 다녔던 것이다. X씨에 대해서는 물론이고, 전국에 ○○○라는 이름을 가진 분들에게도 실례라 생각했다. 그 후 그는 반성하며 당사자에게 사죄했다.

"당신을 질투해서 거짓으로 본명을 말하고 다녔어요."

하지만 X씨는 그의 행동을 비난하지 않고 "아, 그래요." 하며 웃었다고 한다. 그는 남자로서 X씨에게 완패당한 것이다. 완패한 그는 어떻게 되었냐고? 그는 상대를 숭배하기 시작했다. 자신의 정신적 보스의 자리에 둔 것이다.

가정에서는 공처라 불리는 여자들이 보스다. 남자는 늘 보스를 의식하고 있다. 자신도 보스가 되고 싶어 하면서도 한편으로는 강한 보스에게 충성을 맹세하고 싶어 한다. 하지만 그 가운데는 그럴 만한 능력도 도량도 없는 주제에 자신보다 약한 남자들을 지배하고 보스 노릇을 하는 남자도 있다. 남자의 주종 관계로 사회가 성립되어온 건 사실이지만 그렇게 뭉쳐 다녀서 어떻게 할 것인지 하는 기분이 든다. 승패로 모든 것이 정해지는 세상은 좋지 않다. 그렇지 않은 남자도 있으니 그들이 힘내주길 바라지만 안타깝게도 대다수의 남성적인 흐름으로 세상이 나아가고 있기 때문에 이 아줌마로서는 하아, 그저 한숨만 나올 뿐이다.

남자가 점점 힘들어지는 세상

남자들을 둘러싼 가혹한 장래!

남자의 이런 점이 이상하다, 이런 부분이 한심하다고 계속해서 지적하고 있지만 사실 남자에게 고맙고 감사할 부분도 많다. 예를 들어 위험한 장소에 가는 것은 대부분 남자들이다. 군인, 경찰관, 소방관을 직업으로 삼는 여자가 늘어나는 추세이고 몸을 사용하는 직업에도 여자가 종사하게 되었다지만 위험성이 아주 높은 장소에 가는 것은 여전히 반드시 남자다. 후쿠시마의 원자력 발전소 사고 현장에서 작업을 하고 있는 것도 모두 남자가 아닐까 생각한다. 생명이 성별에 따라 무겁거나 가벼운 것도 아니고, 남자 또한 생명을 위협받는 위험한 현장에는 가고 싶지 않을 텐데도 자신의 몸을 희생하며 그런 장소에 가는 남자들에게는 감사하다는 말밖에는 할 말이 없다.

사고, 사건, 천재지변이 일어나면 직무상의 임무라고는 하지만 자신의 목숨을 잃을 가능성이 있는데도 그것을 승낙하고서 사람들을 구하기 위해 나가는 남자들이 나온다. 아무리 성질이 비뚤어진 나이지만 솔직히 감복하지 않을 수 없다.

가정이 있는 남자도 가족이 생명의 위험에 처했을 때는 분명

아버지로서 아내와 자식의 안전을 우선시할 것이 틀림없다.

우리 집 놈(남편)은 안 된다며 푸념을 늘어놓던 여자에게 내가 말했다.

"평소에는 축 늘어져 있어도 중요한 순간에는 하잖아요."

"나도 그럴 거라 기대했지만……."

그녀는 금세 부루퉁한 표정이 되었다. 그녀의 이야기에 따르면 가족 모두가 함께 저녁을 다 먹은 직후, 맨션 제일 위층인 8층 집에서 불이 났다. 그녀의 주거지는 3층이라서 거리상 떨어져 있었지만 관리인으로부터 혹시 모르니 대피하라는 연락을 받았다. 큰일이라 생각하며 대피 준비를 하고 있는데 초등학생인 두 자녀가 불안에 떨며 엄마를 불러댔다.

"엄마, 엄마!"

"괜찮아. 아빠와 엄마가 지켜줄 테니까 걱정하지 마."

아이들을 안심시키며 무심코 옆을 쳐다봤더니, 세상에 아이 아빠란 사람이 새파랗게 질린 얼굴을 하고서 아이들과 똑같이 불안에 떨고 있는 것이다.

"엄마……."

"당신, 지금 뭐하는 거야!"

남편에게 호통을 치고서 재빨리 정리한 물건들을 억지로 떠맡기고 그의 엉덩이를 걷어차듯 방에서 몰아내며 말했다.

"당신은 이거랑 이거 들고 애들 데리고 피난장소에 가는 거야! 알아들었어?"

다행히 불이 옮겨붙지 않고 마무리되었지만, 집에 돌아온 순간 그녀는 공연히 화가 치밀었다. 자식을 지켜야 하는 아버지라는 사람이 애들이랑 똑같이 당황해서 허둥대면 어쩌자는 말인가. 부모가 불안해하면 아이들이 더 놀란다고 불평하니 남편은 필사적으로 변명을 해댔다.

"나는 세상에서 불이 제일 무섭단 말이야."

"불을 본 것도 아니잖아. 대피할 때도 연기밖에 없었어."

그녀는 한숨을 쉬며 말했다.

"그놈의 본성을 알게 되었어요. 만약 무슨 일이 생겼을 때 내가 없으면 어떻게 될까요? 아이들도 아버지를 의지할 수 없다는 걸

눈치챈 것 같아서 제 몸은 스스로 지켜야 된다고 말해줬어요."

그러고선 또다시 한숨을 쉬었다.

"당신이 없다면 아이들을 제대로 챙기지 않을까요?"

"아니요, 첫째 딸아이가 훨씬 제대로 하고 있어요. 분명 어찌할 바를 몰라 허둥지둥 대며 첫째 뒤에 착 달라붙어 다닐걸요. 그날 집에 돌아와서 둘째마저도 '아빠는 우리들보다 먼저 비상계단을 내려가버렸어' 그러던걸요."

아버지는 아무런 도움이 되지 못해 아내와 아이들로부터 신뢰도가 훅 떨어졌다. 이런 일은 일어나지 않는 것이 좋겠지만 혹여 아이들에게 해가 미치는 일이 발생하면 그런 사람도 분명 정신을 차리고 스스로 분발하여 자식을 챙길 것이라 믿고 있다.

가족에게 자신이 시키는 대로 하라고 뻐겨대는 아버지는 요즘에는 거의 없을 것이다. 내가 알고 있는 범위에서는 카스트제도 꼭대기에서 군림하려는 아버지는 없다. 반면 가정 내에서 자신이 아내의 밑이라 생각하고, 가족들은 아버지를 집에서 기르는 개나 고양이보다도 아래의 위치에 놓고 있는 경우도 있다.

'나는 집에서는 개보다 아래입니다'를 자각하고 있는 남자도 있다. 반찬 수가 애완견보다도 적다고 한다. 엄한 아내 밑에서 아내를 모시며 살아가는 남편을 뜻하는 '엄처시하'라는 고사성어가 있듯 남자가 아내에게 휘둘리는 가정은 많지만 기르는 개보다 아래에 있는 건 아직 없었기 때문에 지금의 이런 현실이 참 안타까웠다.

바로 얼마 전 친구와 이야기를 나눴다.

"최근에는 여자에 대해 기승스럽다는 말을 하지 않는 것 같아."

예전에는 기가 센 여자는 눈에 확 띄었기 때문에 '기승스럽다'는 말이 있었는데 지금은 대부분의 여자가 기가 세기 때문에 '기승스럽다'는 사어가 되고 말았다. 나도 마음 약한 아줌마는 아니지만 기가 세고 자신만만하며 자기중심적인 여자는 걱정스럽다.

'그런 거만한 태도로 괜찮으려나.'

대체로 지금은 남자 쪽이 상냥하다. 옛날처럼 남자로 태어난 것만으로 대단하다며 성차별을 당연시했던 남자보다는 상냥한 편이 낫다고 생각한다. 하지만 지금은 반대로 드센 여자들이 아

내나 애인이 되기 때문에 남자들이 불쌍해졌다.

'남자도 힘들겠네.'

이십 대부터 사십 대의 고소득 남자들을 대상으로 실시한 설문조사 결과를 텔레비전에서 본 적이 있는데, 여자의 학력이 높은 것과 수입이 많은 것 중 어느 쪽이 싫으냐는 질문에 90퍼센트 이상이 수입이 많은 쪽이 싫다고 답했다. '괄시받는 듯한 기분이 들기 때문'이라는 것이다. 애인이 깔보고 있을 리 없겠지만 그들은 그렇게 느끼는 모양이다. 그런데 이 말은, 그런 남자들은 자신보다도 월급이 적은 사람들을 깔보고 있다는 증거이기도 하다.

"뭐야!"

나도 모르게 소리를 내고 말았다. 그리고 실망했다.

'조금도 바뀌지 않았잖아.'

다른 이들보다 소득이 많으니 그들로서는 자랑할 만한 일이겠지만 애인이 그 이상의 돈을 버는 것은 즐겁지가 않은 것이다. 그 좁은 도량에 그저 한숨을 쉴 수밖에 없었다.

또한 여자의 행동을 이해하고 가정은 아내와 남편이 함께 만들어간다는 의식과 함께 집안일과 육아에 협력적인 남자가 많아진 반면 젊은 남자들의 가정 폭력이 흔히 발생하고 있다는 사실이 놀라웠다. 예전에는 혼인 관계에서만 폭력이 이야기되었는데 최근에는 데이트 폭력과 같이 범위가 넓어졌다. 신체적 가해뿐 아니라 정신적·언어적 폭력도 상당하다. 일본 내각부 홈페이지를 조사해보니 물리적으로 때리고 차는 것은 기본이고, '큰 소리로 호통을 친다', '누구 덕분에 생활하고 있는데, 무기력하다는 말을 한다', '어떤 말도 무시하며 입을 열지 않는다', '생활비를 주지 않는다', '일을 그만두게 한다', '중절을 강요한다', '피임에 협력하지 않는다' 등 남자들의 다양한 문제 행동이 나와 있었다.

아내에게 '누구 덕분에 생활하고 있는데'라고 말하는 남편은 예사였고, '밖에서 일하지 마'라고 명령하는 남편도 많았다. 그 때문에 일하고 싶은 욕구를 참아야 했던 여자도 있었다. 금전적 문제뿐 아니라 사회생활을 하고 싶어 하는 마음을 남편 때문에 죽을 때까지 참아야 했던 여자는 인생을 빼앗긴 것과 같다.

일생을 부양해주는데 그럼 된 것 아니냐는 다른 논점을 가진 남자의 입장에서는 이해하지 못할 것이다. 그러나 여자의 선택의 자유를 빼앗거나 제한하는 일이 문제가 되고 있다. 그렇다고 한다면 옛날 남자는 거의 가정 폭력범이다. 부모가 결혼했던 20년 동안 나는 아버지가 어머니를 때리는 것을 세 번 보았다. 남동생도 한 번 맞은 적이 있다. 나는 한 번도 맞지는 않았지만, 아르바이트로 모은 돈을 보고하지 않았다며 아버지는 서슬이 시퍼런 얼굴로 나를 야단쳤다. 설문항목의 대부분이 아버지에게 들어맞았기에 역시 문제가 있었구나 하고 쓴웃음밖에 나지 않았다.

어째서 남자는 폭력적으로 변하게 되는 것일까. 기본적으로 사고방식이 유치해서 자신의 힘만 믿고 상대보다 우위에 서려는 마음이 있을지도 모른다. 성격이 매우 온화하고 일도 잘해서 여자들에게도 신뢰가 두터운 인기 있는 지인 남자에게 여자를 때린 적이 있는지 물었더니 그렇다고 대답했다. 그런 이미지는 조금도 없었기 때문에 매우 의외였다. 최근에는 남자에게 폭력을 휘두르는 여자도 있으니 남자만의 문제는 아니겠지만.

폭력뿐 아니라 스토커와 관련된 사건도 많아 학생들에게까지 살인사건으로 발전되곤 한다. 이별로 인한 갈등으로 칼부림이 났다는 이야기들을 뉴스에서 접할 때면 정말 어이가 없다.

'학생이 이별로 인한 칼부림이라니, 세상이 어떻게 돼가는지.'

이런 이야기들은 그저 어른 세계의 이야기인 줄로만 알았지 십 대, 이십 대의 어린아이들에게까지 광대해진 줄은 몰랐다. 상해 및 살인사건에까지 이르는 이유를 도저히 모르겠다. 중학교나 고등학교 시절에 좋아하는 사람이 모습을 나타내는 시간을 적당히 가늠하여 몰래 기다리거나, 같은 전차에 타는 것이 기뻐서 차마 말을 걸지는 못해도 역에 몰래 숨어서 기다려본 경험이 남녀 모두에게 한 번쯤은 있을 것이다. 그래도 상대가 싫어한다는 것을 감지하면 낙담하면서도 그런 행위는 당연히 그만두었다.

스토커라는 말이 나오기 시작한 때였으니까 꽤 오래전 일인데, 나보다 연상인 남자가 스토킹을 남자는 순수하다고 말하는 것을 듣고 깜짝 놀라 기겁하고 말았다. 결국 아무것도 모르는구나 싶었다. 나도 남자의 심리를 모두 이해할 수 있는 것은 아니지만 상대가 싫어하는데도 그것을 남자의 순정이라 말한다면, 이기적인 마음 외에 무엇도 아니다. 확실히 연애는 어느 정도 멋대로 행동하지 않으면 성취할 수 없는 부분이 있지만, 상대가 불쾌해하고 공포마저 느끼는데 이 점은 어떻게 생각하느냐며 내가 화를 내도 그는 이해하지 못하는 듯했다.

남자는 점점 살기 힘들어질 것 같은 기분이 든다. 현재 고연령의 여자, 즉 남편 말을 참고 따르던 시대의 아내들마저 '남편과 함께 무덤에 들어가는 것은 싫다', '남편이 죽었을 때 안도감을 느꼈다' 같은 말들을 하고 있다. 정숙했던 아내조차 그런데 현대의 기 센 아내가 그 연령이 되었을 때는 도대체 어떻게 될까.

남자의 사고방식도 저마다 제각각이다. 그러나 어떤 남자든 가정에서든 회사에서든 여자를 대하는 방식을 바꿀 것을 강요당하고, 언제 무슨 일이 날지 모르는 이 시대에 유사시에는 자신 또한 무서운데도 남자로서 의연한 태도를 요구받는다. 왜 이리도 짊어질 게 많은 것일까. 지금껏 그런 것들에 대해 별생각 없이 살아온 남자들이 많기에, 갑자기라면 갑자기지만 그들을 둘러싼 가혹한 장래를 생각하니 조금은 동정하고 싶은 마음이 들었다.

남자의 비겁함 여자의 반격

집요하게 들이대는 남자를 만났을 땐?

며칠 전 저녁, 슈퍼에 갔다가 돌아오는 길에 생긴 일이다. 서로 오가는 전차의 타이밍이 좋지 않아, 계속해서 건널목 앞에서 기다리게 되었고 잇달아 사람들이 모여들었다. 뒤에서 한 남자가 오더니 내 앞에 섰다. 티셔츠에 짧은 반바지 차림으로 어깨에는 큰 가방이 들려 있었다. 나이는 사십 대 중반쯤 됐을까, 햇볕에 그을린 이른바 날씬한 마초계의 체형으로 운동을 하는 분위기였다. 그가 걸어온 방향에는 피트니스 클럽이 있었기 때문에 그곳에 다니는 사람인가 보다 생각하며 무심히 쳐다보고 있었다.

때마침 자전거를 탄 여자가 오더니 내 왼쪽 대각선 앞에서 멈췄다. 나이는 이십 대 중반 정도로 주부용 일반 자전거가 아닌 경주용 자전거를 타고 있었다. 예전에 피트니스 클럽 출구에서 ID카드를 목에 두르고 서 있는 그녀의 모습을 본 적이 있었기에, 분명 접수 담당이나 트레이너로 서로 안면이 있을 것이라 추측했다. 몸집은 작지만 장딴지의 근육이 제대로 붙어 있는 게 운동을 하는 몸이다. 그때 그 날씬한 마초가 무심코 옆을 돌아보다 그녀를 발견하고는 말을 걸었다.

"어? 지금 끝났어? 같이 차 한잔할래?"

그는 그녀를 유혹했다. 서로 아는 사이라면 충분히 일어날 수 있는 일이니까 길 위에서 남녀가 그런 대화를 주고받아도 특별히 놀랍지는 않다.

"아, 죄송해요. 지금 바로 집에 가야 해서요."

"아, 그렇구나. 꼭 지금 가야 해?"

"음, 꼭 그런 건 아니지만 가능한 빨리 집에 가야 해요."

"서둘지 않아도 되는 거면 잠깐 차 한잔 괜찮지 않아? 응? 괜찮잖아."

그가 집요하게 들이대는 데 그녀는 난처한 듯했다.

"음, 저…… 안 돼요."

나는 두 사람이 주고받는 대화를 바로 뒤에서 관찰하면서 집요하게 들이대는 그를 째려보았다.

'싫어하는 것 같은데 그만 좀 하지.'

물론 그는 자신의 등 뒤에 서 있는 아줌마의 차가운 시선을 알아차릴 리 없이 세차게 밀어붙였다.

"에이, 괜찮잖아. 잠깐 정도는."

그녀로부터 명확한 대답이 없자 그는 히쭉 웃으며 말했다.

"아, 애인이 오는구나."

그 웃음은 왠지 모르게 끈적끈적 기분 나쁜 느낌이었다.

"그런 거 아니에요."

그녀는 웃으며 부정했다.

"그럼 괜찮잖아."

도돌이표처럼 이야기는 다시 제자리로 돌아왔다. 나는 상관없었지만 이 아가씨는 그에게서 도망가기 위해 얼른 건널목 차단기가 올라가기를 바라고 있었다. 그러나 안타깝게도 건널목의 차단기는 여전히 올라가지 않고 있었다.

"아니요, 아무튼 빨리 집에 가야 해요."

그녀에게도 여러 가지로 용무가 있을 것이다. 택배가 왔거나 공사하는 사람이 오는 등 예정이 있을 텐데 왜 저리 끈질기게 저러나 싶어 어이없어하고 있는데 갑자기 그는 좋은 생각이 났다는 표정으로 대뜸 말했다.

"아, 그럼 네 집으로 가면 되겠네."

'웩, 기분 나빠.'

나도 모르게 소리치고 싶어져서 엉겁결에 에코백을 든 왼손으로 입을 틀어막았다. 어쩌면 조금 밖으로 새어나와 버렸을지도 모른다. 그녀 또한 깜짝 놀라 아무 말도 못하고 서 있는데 그는 계속해서 말했다.

"같이 집에 가서 차 한잔하면 좋겠네. 지금 네 집에 갈래."

놀란 그녀에게 몇 번이나 "집에 갈래" 소리를 반복하는 것이다.

'뭐야, 저……!'

그가 그녀에게 호의를 품고 있다는 사실만은 잘 알 수 있었다. 두 사람이 얼마나 친한지는 모르지만 내가 봤을 때, 그녀의 태도에서는 그저 안면이 있는 사이로 그에 대한 호의는 조금도 느껴지지 않았다. 그런데도 그의 지나친 뻔뻔함이랄지 그녀의 마음을 전혀 생각하지 않는 그 태도에, 나는 전혀 상관없는 사람임에도 불구하고 화가 치밀었다.

'재수 없는 놈!

분명 그는 스스로에게 자신이 있었던 것이다. 동세대의 남자에 비하면 체형은 어느 정도 유지하고 있고 신경 쓴 헤어스타일에 입고 있는 티셔츠와 바지도 '지나치게 빨아댄 느낌'이 없고 신고 있는 스니커도 세련되었다. 다만 앞니가 한 개 빠진 채로 있는 것이 내 기준에서 어른으로서는 NG였다. 이가 새로 나는 초등학 생이 아니기에 어른의 앞니가 있는 것과 없는 것은 인상이 완전 히 달라진다. 입을 벌리면 가장 눈에 띄는 부분의 이가 빠져있는 데도 전혀 개의치 않아 하는 사람은 보통 수준의 칠칠치 못함보 다 더욱더 생활의 문란한 정도가 큰 것처럼 느껴진다. 멋을 뽐내 는 것보다 '우선 이나 제대로 해 넣어!'라고 말하고 싶어졌다. 일 단 옷차림은 제대로 갖춰 입고 있었지만 다른 부분에 문제가 있 는 듯했다.

끈덕지게 '집에 가자'는 그의 말에 그녀는 입을 꾹 다물어버렸 다. 건널목 차단기는 아직 열리지 않았고 도대체 어떻게 할까 걱 정스런 눈으로 그들을 보고 있었다. 순간 그녀가 그의 얼굴을 정 면으로 물끄러미 쳐다보더니 미소를 지으며 물었다.

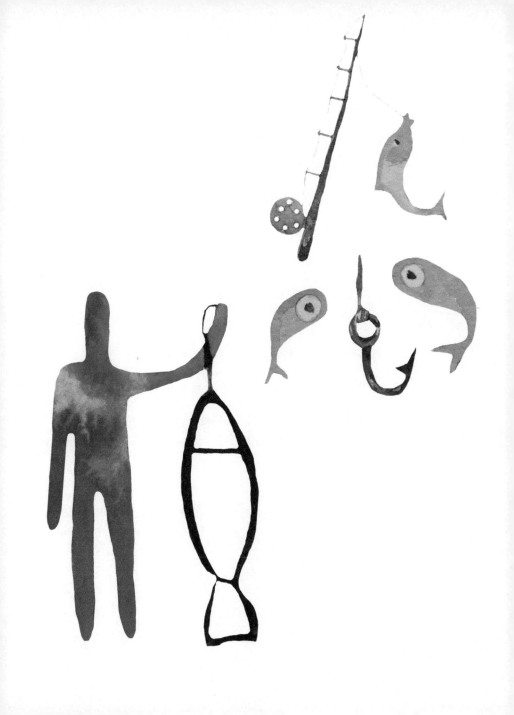

"저 좋아하세요?"

'으악!' 나는 또다시 깜짝 놀라 소리를 지를 뻔했다. 설마 그런 반격을 할지는 상상도 못했다. 요즘 여자는 직구를 날리는구나 하면서 그의 얼굴을 봤더니 일순, 그는 말문이 턱 막힌 모양이다.

'그래, 그거야. 좋은 공격이야.'

도대체 다음에 어떤 태도로 나올지 흥미진진하게 보고 있는데 그는 잠시 가만히 있더니 지금까지 강하게 들이대던 그 기세는 어디 가고 갑자기 말을 더듬기 시작했다.

"어? 아니, 그게……."

그녀는 다시 한번 재차 확인했다.

"저 좋아하세요?"

'오호, 잘하는데.'

지금껏 밀리던 분위기의 그녀는 그의 순간의 틈을 발견하고서 그 부분을 공격하기 시작한 것이 틀림없었다.

'집에 가겠다는 말까지 했으니 좋아하면 좋아한다고 말하면 될 텐데. 어쩌면 기혼자라서 그녀에게 제대로 말하지 못하는 것

일지도. 자신의 태도를 똑바로 하지도 않고서 네 집에 가겠다는 말을 하다니 정말 뻔뻔스럽네.'

자신의 공격이 성공했다는 것을 그녀는 알았을 것이다. '음······'이나 '어······'만 말하고 있는 그를 그녀는 조금 전과 똑같이 미소를 띠며 바라보고 있었다. 한편 그는 그녀의 얼굴을 보지 못하고 주위로 시선을 이리저리 돌리며 무료한 듯이 서 있었다. 그때 겨우 건널목이 열렸다.

"그럼 그만 가볼게요."

그녀는 단호하게 말하고서 굉장한 기세로 자전거 페달을 밟으며 달아났다.

"아."

그는 조그맣게 손을 들었을 뿐, 그녀가 사라져 가는 뒷모습을 보려고도 하지 않았다. 휴대전화를 꺼내 그것을 바라보면서 건널목 옆의 계단을 올라 역 안으로 들어갔다. 전차를 타는 거였으면 어째서 건널목 앞에 계속 서 있었던 것일까. 그녀의 일이 끝나는 시간을 알고서 몰래 기다리고 있었던 것일지도 모른다.

그렇다 하더라도 좋은 공격이었다며, 나는 건널목을 건너면서 조금 전 여자의 발언을 다시 떠올렸다. 사귀고 있는 것도 아닌데 아무렇지 않게 네 집에 가겠다는 남자를 집에 들여놨다간 성가신 일이 일어나는 것은 안 봐도 뻔하다. 한번 집에 들어가면 몇 번이고 찾아와 자기 멋대로 그녀를 다룰 것이며, 만에 하나 그녀가 결혼 이야기를 꺼내거나 혹은 아내에게 관계가 들켜버리기라도 한다면 '딱히 너 좋아한다고 말한 적 없는데?' 발뺌을 해대면서 결국은 그녀를 끊어버릴 것이 분명하다.

그는 뒤에 서 있던, 채소와 복숭아가 담긴 에코백을 들고 있는 아줌마에게 관찰당하며 매도당하고 있었다는 사실은 상상도 못했을 것이다. 나는 눈앞에서 우연히 일어난 일을 본 것뿐이기에 어쩔 수 없다. 그런 장소에서 그가 그런 언동에 이르렀기 때문에 내 안테나를 자극해버린 것이다. 차를 마시자고 권했다가 거절당했어도 "그럼 다음에!"라며 깨끗하게 물러났더라면 지극히 평범한 대화이니 이 아줌마도 이러쿵저러쿵 말하지 않는다.

"네 집에 갈래" 같은 말을 자꾸만 해대니까, 빠져 있는 채로 방치해둔 앞니와 육체관계를 가진 뒷일에 대한 추측을 원고에까지 적게 만들어버린 것이다. 분명 그는 자신만만했던 자신의 어프로치가 불발로 끝나버려 풀 죽은 채로 전차를 탔을 것이다.

그렇다고 해도 그녀의 복수는 훌륭했다. 요즘 여자들이 똑 부러지게 한다는 것을 알고는 있었지만 그의 얼굴에 대고 강속구를 날릴 거라고는 생각하지 못했다. 두 번 다시 만날 가능성이 없는 사람이라면 매몰차게 해도 그것으로 끝이지만 주위에서 몇 번인가 얼굴을 마주치는 상대, 그것도 상대가 회원이자 고객인 경우에는 대응하기가 매우 어렵다.

만약 내가 그녀였다면 어떻게 했을까. 나는 집으로 돌아오는 내내 곰곰이 생각했다. 안면이 있는 그에게는 어떤 감정도 가지고 있지 않다. 그런 남자에게서 차를 마시자는 말을 들었다. 게다가 고객의 입장인 사람이라면. 당일 나는 용무가 없다 해도 개인적으로 차를 마실 필요는 없다. 용무가 있다면 더더욱 이니 어느 쪽이든 거절해야 한다. 결국 '네 집에 갈래'라는 말을 듣는다면 '뭔 소리야?' 하게 되는 것은 당연하다. 어째서 남자는 갑자기 이런 말을 꺼내는지 정말로 이유를 모르겠다. 눈앞의 여자를 이용하여 유흥비를 절약하려는 속셈인 걸까.

나였다면 그녀처럼 할 마음의 여유도 없이 그저 '나는 당신에게 그런 말을 들어 굉장히 불쾌하다'는 표정이나 태도를 드러내며 그에게 알리려 했을 것이다.

계속해서 집요하게 "집에 갈래"라는 말을 한다면 곤란하다는 부정적인 말만 연발하며 필사적으로 거절하는 게 전부다.

"싫어!"

오로지 싫다는 것만 전면에 내세우는 것이다. 도저히 그녀처럼 미소를 띠며, 정정당당하게, 자세를 바로잡고, "저 좋아하세요?" 이렇게 물어보지 못한다.

뻔뻔한 남자에게 대응할 만한 기막힌 아이디어가 없을까. 순간 나는 깨달았다. 언젠가 집요한 어떤 남자에게 그와 같은 말을 듣는다면 그녀를 흉내 내 보겠다며 한껏 흥분했던 마음을 깨뜨리는 강한 태클!

'나한테 그런 일이 일어날 리가 없잖아.'

남자의 도가니

초판 1쇄 인쇄 2015년 2월 16일
초판 1쇄 발행 2015년 2월 23일

지은이 무레 요코
옮긴이 최윤영
펴낸이 한익수
펴낸곳 도서출판 큰나무
등록 1993년 11월 30일 (제5-396호)
주소 410-817 경기도 고양시 일산동구 호수로430번길 13-4
전화 031-903-1845
팩스 031-903-1854
이메일 btreepub@naver.com
블로그 blog.naver.com/btreepub

값 13,800원
ISBN 978-89-7891-291-4 (03890)

이 도서의 국립중앙도서관 출판예정도서목록(CIP)은 서지정보유통지원시스템 홈페이지
(http://seoji.nl.go.kr)와 국가자료공동목록시스템(http://www.nl.go.kr/kolisnet)에서 이용하
실 수 있습니다.(CIP제어번호: CIP2015004616)